Mordsirrtum

In Gedenken an Helmut

Ich danke meinem verstorbenen Mann
und meinen Kindern
für ihren Humor und Zuspruch.

Bibliografische Information der Deutschen Nationalbibliothek: Die Deutsche Nationalbibliothek verzeichnet diese Publikation in der Deutschen Nationalbibliografie; detaillierte bibliografische Daten sind im Internet über dnb.dnb.de abrufbar.

© Gabriela Tetzlaff / 4. Auflage - März 2025
Cover-Erstellung mit Canva

Druck:
Libri Plureos GmbH, Friedensallee 273, 22763 Hamburg

ISBN: 978-3-7407-5296-5

Gabriela Tetzlaff

Mordsirrtum

Für diesen Roman wurden alle Personen und
deren Namen als auch die Örtlichkeiten und
Ereignisse erfunden oder fiktiv verwendet.
Etwaige Ähnlichkeiten mit realen Personen,
ob lebend oder bereits verstorben,
oder mit tatsächlichen Ereignissen
oder Orten sind zufällig.

Freitag

»Und Sie haben nichts bemerkt?«

Ellen starrte den Polizisten vor ihrer Wohnungstür an.

»Nein, absolut nichts«, antwortete sie. »Wann soll denn das gewesen sein?«

»Wenn wir das wüssten, wären wir schon ein ganzes Stück weiter. Die Schwester hat sich erst vor ein paar Stunden aus Sorge um ihren Bruder bei der Polizei gemeldet und uns befugt, die Wohnung aufzubrechen, weil sie keinen Schlüssel mehr hat.«

»Und wo ist die Frau des Bruders?«

»Welche Frau?«

»Unsere Nachbarin von unten.«

Der Polizist schaute Ellen kurz verwirrt an, dann schien er zu verstehen.

»Ach, Sie glauben, unter Ihnen wohnte ein Paar?«, fragte er rhetorisch und erklärte spitz:

»Die besagte Schwester hat mit ihrem Bruder in der Wohnung unter Ihnen gewohnt und ist vor ein paar Wochen ausgezogen.«

Ellen runzelte die Stirn. Jetzt war sie verwirrt.

»Gut, Frau Liebig, ich danke Ihnen. Sollte Ihnen oder Ihrem Mann doch noch etwas einfallen, melden Sie sich bitte bei uns.«

Der Polizist gab Ellen einen kleinen grünen Zettel mit

den Kontaktdaten des zuständigen Polizeiabschnitts.

»Ich werde jetzt noch die anderen Hausbewohner befragen. Vielleicht kennen die ja ihre Nachbarn ein bisschen besser. Ich wünsche Ihnen noch einen schönen Tag.«

»Danke, Ihnen auch«, verabschiedete Ellen ihn und schloss die Tür. Sie war verärgert und beschämt zugleich. Der Ton des Polizisten missfiel ihr. Trotzdem war es ihr unangenehm, dass sie offenbar so gar nichts über ihre Nachbarn wusste.

Sie ging in die Küche und setzte sich gerade einen Kaffee auf, als Tom zur Tür hereinkam.

»Hallo Schatz.«

Er zog im Flur hastig seine Schuhe aus und kam zu ihr in die Küche.

»Hier herrscht heute richtig Tumult im Haus. Es stehen mehrere Nachbarn im Treppenhaus und tratschen. Ich wurde von einem Polizisten abgefangen und befragt. Bei dir waren sie auch schon, hörte ich. Das ist vielleicht ein Ding, dass offensichtlich niemand etwas von dem Einbruch mitbekommen hat. Sag mal ehrlich, findest du es nicht auch lustig, dass wir die Geschwister für ein Paar gehalten haben? Die Zicke wohnt jetzt wohl in Augsburg, und der Wortkarge ist spurlos verschwunden. Die hatten anscheinend Streit. Dann hat sie sich aber Sorgen gemacht, weil sie ihn nicht erreichen konnte. Sie hat keinen Schlüssel mehr von der Wohnung. Bei ihrem Auszug hat sie allerdings wichtige Unterlagen vergessen.« Tom machte eine Atempause.

»Was du alles weißt«, sagte Ellen und gab Tom einen

Kuss. »Mir hat der Polizist zuerst nur mitgeteilt, dass sie die Wohnung unter uns aufgebrochen und verwüstet vorgefunden haben.«

Sie schilderte kurz ihr Gespräch mit dem Polizisten. Tom merkte, dass sie gereizt war und sein Verständnis erwartete. Er lächelte, nahm Ellen in den Arm und sagte:

»Ach Schatz, nun nimm doch nicht gleich immer alles so persönlich. Das ist reine Routine. Und dass wir so wenig über unsere Nachbarn wissen, ist vielleicht auch nicht normal.«

»Was ist schon normal? Mich grüßen manchmal Leute auf der Straße, die ich gar nicht kenne«, murmelte sie.

»Da hast du recht«, bestätigte ihr Tom. »Wir wohnen scheinbar doch auf einem Dorf.«

Dann ging er breit grinsend ins Wohnzimmer und setzte sich mit seiner Zeitung in den braunen Ledersessel am Fenster. Der Sessel verfügte über ein ausziehbares Fußteil und war unmittelbar nach dem Kauf Toms Lieblingsplatz geworden. Seine einzige Konkurrenz war Julia, Ellens Tochter, wenn sie zu Besuch kam. Sie quartierte Tom dann einfach um, indem sie ihren Laptop dort platzierte.

Tom war morgens früher aufgestanden, weil er zwei wichtige Telefonate führen musste. Danach hatte er gleich die Einkäufe erledigt, um nicht durch die Mittagshitze laufen zu müssen. Ellen und Tom hatten zwar nie eine konkrete Aufgabenverteilung vorgenommen, aber trotzdem gab es, wenn auch unausgesprochen, feste Zuständigkeiten. Ellen ließ sich ohnehin wenig abnehmen.

»Lass mal, ich mache das schon«, riss sie standardmäßig die Arbeit an sich.

»Schon klar, ich könnte ja was falsch machen«, entgegneten darauf Tom oder die Kinder für gewöhnlich.

»Ach was. Mir geht das nur viel leichter von der Hand. Trotzdem Danke«, flunkerte Ellen dann.

Tatsächlich machten die anderen es ihr meist nicht recht, und deshalb erledigte sie viele Dinge lieber gleich selbst, anstatt sich zu ärgern oder gar zu streiten. Allerdings kaufte sie, im Gegensatz zu Tom, nicht gerne Lebensmittel ein. Daher hatte Ellen ohne Zögern, gleich zu Beginn ihrer Beziehung, diese Aufgabe an ihn abgegeben.

Ellen brachte Tom eine Tasse Kaffee und stellte sie auf den kleinen Messingtisch neben ihn. Sie mochte es sehr, wenn er las. Er strahlte dann die Ruhe aus, nach der Ellen sich sehnte. Sie gönnte sich selten Auszeiten, wollte stets alles sofort erledigen und hetzte sich dabei selbst. Wie oft sagte Tom zu ihr:

»Schatz, setz dich doch einfach mal hin und tue gar nichts.«

Das konnte sie schlecht und tat dies eigentlich nur, wenn sie zusammen einen Film schauten. Deshalb nahm sie wahrscheinlich auch nicht zu. Ihre Konfektionsgröße hatte sich seit ihrer Jugend nicht verändert.

Ellen sah nicht aus wie zweiundfünfzig, war sehr schlank, einssiebzig groß und blond. Aktuell bevorzugte sie einen frechen Kurzhaarschnitt, welcher Tom gut gefiel. Ihre Experimentierfreudigkeit ließ sich auf vielen Fotos eindeutig nachvollziehen.

Beneidenswert, wie man so einfach abschalten kann, dachte Ellen und ging zurück auf den Balkon, von dem sie zuvor abgerufen wurde. Als der Polizist geklingelt hatte, war sie gerade dabei gewesen, die neuen Triebe ihrer geliebten rosafarbenen Dipladenia an der Rankhilfe festzustecken.

Ich lasse mir diesen herrlichen Tag nicht verderben!

****

In diesem Jahr hatte der Sommer früh begonnen. Der Mai war überraschend schön gewesen, und im Juni schien die Sonne unermüdlich. Ellens selbstgezüchtete Balkonpflanzen blühten unentwegt und schrien förmlich nach Zuwendung.

»Wir haben mit Abstand den schönsten Balkon«, lobte Tom regelmäßig Ellens Mühe.

Sie brauchte diese Art von Zuspruch, denn oftmals fehlte ihr die Anerkennung ihrer eigentlichen Arbeit. Ihre Auftragslage war schwankend. Mitunter betrachteten Außenstehende sie eher als Hausfrau, weil sie sich offensichtlich ihre Zeit selbst einteilte. Sie wusste, dass sogar einige ihrer Freunde ihr Homeoffice insgeheim einer Freizeitbeschäftigung gleichsetzten. Die durch diese Art von Arbeit begründeten Nachteile, kamen ihnen nicht in den Sinn.

»Ich könnte nicht tagelang zu Hause hocken«, bemerkte ab und an ihr Sohn, wenn er vorbeischaute.

Sven war fünfundzwanzig und vor sechs Jahren mit seiner gleichaltrigen Freundin Mona zusammengezogen. Sie hatten sechs Kilometer entfernt eine teilmöblierte Zwei-Zimmerwohnung gefunden.

Mona wurde nach ihrer Ausbildung zur Kauffrau für Büromanagement beim Bezirksamt in den öffentlichen Dienst übernommen und war zufrieden. Ellen fand sie entzückend, wenn auch manchmal ein wenig naiv.

Sven lag in den letzten Zügen seines Jurastudiums und jobbte nebenbei in der Gastronomie. Ellen war mächtig stolz auf ihn. Er war pfiffig, umgänglich und gutaussehend. Bereits während der Schulzeit wurde er von vielen Mädchen angehimmelt. Es ließ sich weder leugnen, dass er einen spanischen Vater hatte, noch, dass er Ellens Sohn war. Sven besaß wie sie eine athletische Figur und braune Augen. Aber er hatte dicke dunkelbraune Haare, was in ihrer Familie nicht vorkam und eine südländische Physiognomie.

Mona neigte zur Eifersucht, was Sven nervte. Deshalb unternahm er selten etwas allein mit seinen Kumpels. Das bedauerte Ellen zutiefst, weil sie die Jungs alle seit Svens Grundschulzeit kannte und es für wichtig hielt, dass er diese Kontakte pflegte. Außerdem war es Ellen nicht recht, dass Sven neben seinem Studium arbeitete, da sie das für zu anstrengend hielt. Sven wollte aber nicht, dass seine Eltern alles für ihn bezahlten.

»Du bekommst doch gar nichts vom Tagesgeschehen mit, wenn du nicht regelmäßig vor die Tür gehst«, behauptete er.

»Das ist doch Quatsch«, widersprach Ellen ihm vehement. »Ich arbeite nun einmal daheim. Du fährst doch auch oftmals nur zur Uni und wieder retour.«

Ellens Blick verfinsterte sich. Damit warf er ihr indirekt vor, dass sie sich einigelte.

»Ich informiere mich im Netz, höre Radio und unterhalte mich täglich mit mehreren Leuten. Außerdem reicht das, was ich manchmal auf unseren Balkon mitbekomme, locker für die Tagespresse. Wahrscheinlich habe ich mehr zu erzählen als du.«

»Aha. Was denn zum Beispiel?«, wollte Sven wissen.

»Na ja, ich sehe und höre täglich gewisse Nachbarn.«

»Und, was machen die so Besonderes?«

»Die Frau von schräg gegenüber stöhnt dermaßen laut, dass ich mich frage, ob die wirklich gerade Sex haben, oder ob das eher ein Gewerbe ist.«

»Hier? Ganz offiziell?« Sven betonte seinen fragenden Blick, indem er eine Augenbraue hochzog.

»Na ja, natürlich kein direkter Kundenverkehr. Vielleicht telefonisch, via Skype oder sowas. Ich meine, der Balkon steht sperrangelweit offen, und das Stöhnen ist so unnatürlich gleichmäßig… und das mehrmals am Tag. Vielleicht spielt die auch ein Tonband ab.«

Ellen schaute ihren Sohn an und konnte sich das

Lachen nicht verkneifen. Es war nicht zu übersehen, dass er keine weitere Erörterung wünschte. Ausgerechnet mit seiner Mutter über Sex zu sprechen, war ihm genauso unangenehm, wie ein fetter Pickel auf der Nase. Das amüsierte Ellen mehr als die Gegebenheit an sich.

»Was denn? Du hast mich gefragt und ich habe dir geantwortet, mehr nicht.«

»Alles klar, Mama«, bremste er sie aus. »Habt ihr Cola da?«

****

Die Polizei war noch immer im Haus. Vorsichtig lehnte Ellen sich über den Balkon. Auf der Terrasse unter ihr sah alles aus wie immer.

Irgendjemand wird etwas gesehen haben. Hier bleibt nichts unbemerkt, dachte sie und schaute auf die gegenüberliegende Häuserfront. Diese wirkte wie ein Spiegelbild auf der anderen Seite einer kleinen dazwischenliegenden Privatstraße. Aus dieser Ansicht glich der Anblick von Vorder- und Hinterhaus einem breiten dreistöckigen Wohnhaus. Das angebaute Hinterhaus hatte allerdings keine Terrassen, sondern lag Hochparterre mit ausgebautem Dachgeschoss und besaß deshalb auch nur zwei Stockwerke.

Ellen und Tom kannten nur wenige Nachbarn aus persönlichen Gesprächen und daher auch kaum Namen der Bewohner. Deshalb benannten sie spaßig vermeintliche Auffälligkeiten und wussten somit, wen der andere gerade meinte. In dem Haus gegenüber wohnte auf gleicher Höhe „Madame Korrekt", die ihren Namen ihrer peniblen Art zu verdanken hatte. Sie lüftete täglich pünktlich um sieben Uhr dreißig die gesamte Wohnung, schüttelte Bettzeug und Badvorleger aus und fegte anschließend alle Fensterbretter ab. Punkt neun Uhr fünfzig verließ sie das Haus und erledigte ihre Einkäufe. Dieses morgendliche Ritual hatten Ellen und Tom kurz nach ihrem Einzug im April zweitausenddreizehn bemerkt.

»Eine zuverlässigere Uhr gibt es nicht«, war Toms spontane Reaktion gewesen.

Im Laufe der Zeit hatten sie dann festgestellt, dass „Madame Korrekt" ein Paradebeispiel für diese gut situierte Gegend war. Sie putzte jeden Monat ihre Fenster, bepflanzte ihren Balkon im Frühling mit Stiefmütterchen, im Sommer mit Geranien und im Herbst mit Astern. Und jeden Abend um acht wurde der Fernseher eingeschaltet, meist lief Fußball.

»Ich würde gerne mal den Mann sehen«, hatte Ellen eines Abends zu Tom gesagt.

»Ich denke, du bist nicht neugierig?«

»Bin ich doch auch gar nicht. Ich wundere mich nur, dass man nicht sieht, wer den Fernseher einschaltet und den ganzen Abend Fußball schaut. Sie ist entweder auf dem Balkon zugange oder im Zimmer nebenan sichtbar. Ich kann durch die Gardine erkennen, dass jemand auf dem Sofa sitzt, aber der steht anscheinend nie auf.«

»Vielleicht sitzt da eine Puppe«, spaßte Tom.

»Du bist doof.«

»Wieso? Kann doch sein.«

»Na klar, der guten Ordnung halber.« Ellen hatte die Augen verdreht, ein fragendes Gesicht gemimt, und beide hatten lachen müssen.

****

Ellen und Tom kannten sich schon eine Ewigkeit. Ursprünglich hatten beide im gleichen Konzern gearbeitet. Sie hatten sich von Anfang an ausgesprochen gut verstanden. Allerdings waren beide bereits verheiratet gewesen. Vor ungefähr zehn Jahren hatte Ellen sich selbstständig gemacht, aber sie waren in Kontakt geblieben. Sporadisch hatten sie sich zum Essen verabredet und vertraut geplauscht. Vor fünf Jahren hatte es dann „Zoom gemacht", und sie waren recht schnell in einer großzügigen Wohnung mit Balkon in der ersten Etage eines dreistöckigen Wohnhauses gelandet. Tom hatte dieses Wohnungsangebot zufällig in seiner Tageszeitung entdeckt.

»Die Gegend gefällt mir ausgesprochen gut«, war Ellens erste Reaktion gewesen, nachdem sie sich noch am selben Tag das Haus von außen angeschaut hatten. Tom war ebenfalls angetan gewesen. Die Wohnung befand sich in einer kleinen ruhigen Straße, die nur einige hundert Meter von einer großen Einkaufsmeile entfernt lag. »Magst du den Schnitt der Wohnung?«, hatte Tom von Ellen nach der Besichtigung wissen wollen.

»Ja. Zudem sind alle Räume schön hell. Vor allem gefällt mir, dass wir im Bad dann sowohl eine Dusche als auch eine Badewanne haben. Und ein extra Gäste-WC.«

»Sehe ich genauso. Dann lassen wir uns jetzt noch kurz den Keller zeigen.«

Der Eigentümer war sehr freundlich gewesen und hatte geduldig unten im Hausflur auf sie gewartet.

»Was sagen Sie? Kommt die Wohnung für Sie in Frage?«

»Ja, sie entspricht ziemlich genau unserer Vorstellung«, hatte Tom geantwortet.

»Das freut mich. Dann schick ich Ihnen den Vertrag zu, Sie unterschreiben und sind ab März Mieter.«

»Das klingt gut. Wir würden uns aber gerne noch schnell den Keller ansehen«, hatte Tom erwidert.

»Sie brauchen einen Keller?«, hatte der Eigentümer überrascht gefragt.

»Auf jeden Fall!«, hatte Ellen prompt reagiert und gedacht: *Was für eine Frage. Wer braucht denn keinen Keller?*

»Zu der Wohnung gehört doch ein Keller, oder?«, hatte Tom unsicher nachgehakt.

»Wahrscheinlich. Wir gehen jetzt einfach kurz hinunter und sehen nach, welcher es sein könnte«, war die etwas verlegene Antwort des Eigentümers gewesen.

Ellen und Tom hatten sich fragend angeschaut und waren verwundert dem Eigentümer ins Hinterhaus gefolgt.

»Warum gehen wir ins Hinterhaus?«, hatte Ellen irritiert gefragt.

»Im Vorderhaus gehören alle Keller den Eigentümern,

die selbst hier wohnen. Das weiß ich sicher. Demzufolge muss Ihrer im Hinterhaus sein.«

Super, hatte Ellen gedacht. *Es gibt also Keller erster und zweiter Klasse. Wie ungerecht.*

Als sie im Hinterhaus die Treppen hinuntergestiegen waren, war ihnen ein muffiger Geruch entgegengeschlagen. Ellen hatte ihr Gesicht verzogen und Tom leise gemurmelt:

»Schatz, du wolltest unbedingt in einen Altbau ziehen. Da riechen Keller nun einmal so.«

»Das müsste er eigentlich sein«, hatte sich der Vermieter gefreut, als er nach einigem Suchen endlich einen unverschlossenen Verschlag gefunden hatte.

Tom hatte Ellens Unbehagen bemerkt und ihr zugeflüstert:

»Keine Angst, ich mache ihn sauber. Hauptsache, wir haben einen. Und dieser hier ist zum Glück nur normal dreckig.«

»Einverstanden!« Ellen war beschwichtigt gewesen.

»Fein. Dann sind Sie insgesamt zufrieden?«, hatte sich der Vermieter abschließend erkundigt.

»Im Moment scheint wirklich alles perfekt zu sein«, war Toms Überzeugung gewesen, denn auch die Atmosphäre in der Nachbarschaft hatte auf Anhieb einen sehr harmonischen Eindruck erweckt.

Letztendlich war dann alles sehr zügig gegangen und der Einzug ebenfalls reibungslos verlaufen. Sowohl die anderen Mieter als auch die ansässigen Eigentümer hatten sie freundlich willkommen geheißen. Ellen und Tom hatten sich in ihrer Entscheidung bestätigt gefühlt und sich schnell eingelebt.

****

In ihrer Straße existierten einzelne kleinere Läden unweit ihrer Haustür. Dazu zählten ein griechisches Restaurant, eine kleine Bäckerei, ein alteingesessener Schneider, ein Imbiss und ein Zeitungsladen. Ellen und Tom kannten die jeweiligen Geschäftsinhaber und deren Angestellte gut. Sie pflegten diese Kontakte durch regelmäßige Besuche. Inmitten der Anonymität Berlins ließ dieser kleine Kiez zuweilen einen erstaunlichen Dorfcharakter erkennen. Umso mehr beunruhigte Ellen die aktuelle Situation.

»Tom, hast du eigentlich mit irgendeinem Nachbarn gesprochen oder nur mit der Polizei?«

»Nicht wirklich. Das war ein solches Getümmel im Hausflur. Beim Hochgehen habe ich Frau Wangel getroffen. Sie wusste zwar von dem Auszug der Schwester, mehr aber auch nicht.«

»Sie wusste, dass es Geschwister sind?«, staunte Ellen.

»Ja«, antwortete Tom grinsend. »Wahrscheinlich wussten das alle hier im Haus, mit Ausnahme von uns.«

»Wie peinlich!«, bemerkte Ellen.

»Warum? Die wirkten doch wie ein Paar, obgleich recht kühl zueinander.«

»Wieso hat dir denn Frau Wangel nichts davon erzählt?«, wunderte sich Ellen.

»Weshalb sollte sie? Ich habe doch nie nach denen gefragt.«

»Aber ihr habt euch doch oft unterhalten«, warf Ellen ein.

»Schatz, was heißt denn unterhalten? Das waren bislang ein paar Sätze zu unserem Urlaub, dem Wetter oder Ähnlichem. Es gab nie einen Anlass, über irgendwelche Nachbarn zu reden.«

Frau Wangel war die älteste Bewohnerin im Haus. Sie wohnte ebenfalls zur Miete im zweiten Stock über ihnen. Ihr Mann war vor fünfzehn Jahren an Krebs gestorben. Mehr wusste Ellen nicht. Wenn Ellen und Tom in Urlaub fuhren, leerte Frau Wangel für sie den Briefkasten und goss ihre Blumen. Die Schlüsselübergabe überließ Ellen dann immer Tom, weil sie keine Lust auf die dazugehörigen Gespräche hatte. Tom machte das nichts aus. Trotzdem fühlte sich Ellen verpflichtet, sich im Gegenzug um die Urlaubskarte und das Mitbringsel für Frau Wangel zu kümmern.

»Was hältst du nach dem Stress von Currywurst mit Pommes auf die Schnelle?«, fragte Ellen mit schlechtem Gewissen.

Ursprünglich hatte sie selber kochen wollen. Auf ihr Drängen hin, hatte Tom sich endlich mal einen Gleitzeittag genommen. Meist kam er abends erst sehr spät heim. Üblicherweise achtete er nicht auf seine Überstunden und ließ somit eine gewisse Anzahl automatisch zum Monatsende verfallen.

»Das dankt dir niemand und geht nur zu Lasten deiner Gesundheit«, klagte Ellen regelmäßig. »So langsam solltest du dein Arbeitspensum mal runterschrauben.«

Sie sorgte sich, obwohl sich Tom mit seinen dreiundsechzig Jahren durchaus mit jüngeren messen konnte. Er war erstaunlich fit und wurde grundsätzlich jünger geschätzt. Tom hatte dichte graumelierte Haare, große blaue Augen und eine stattliche Figur. Seine täglichen Liegestütze machten sich bezahlt. Außerdem joggte er diszipliniert mindestens zweimal pro Woche rund zehn Kilometer. Hingegen war Ellen diesbezüglich inkonsequent. Sie fing aus heiterem Himmel mit ihrem Sport an und hörte ebenso plötzlich wieder auf. Darüber ärgerte sie sich zwar, doch sie schaffte es einfach nicht, sich an einen festen Tagesrhythmus zu halten. Mitunter hatte sie erst spät abends eine zündende Idee für die Gestaltung einer beauftragten Webseite und arbeitete dann bis tief in die Nacht hinein.

»Meinetwegen«, antwortete Tom genügsam. »Currywurst geht immer. Essen wir unten oder soll ich sie holen?«

»Weder noch, ich gehe heute«, verneinte Ellen und war auch schon aus der Tür. Unten angekommen, sah sie die versiegelte Wohnungstür und warf einen Blick auf das Namensschild.

Schulz. Auweia, den Namen hätte ich mir wirklich merken können. Kein Wunder, dass der Polizist mich für blöd hält, strafte Ellen sich selbst. Dann lief sie etwa hundert

Meter weiter zum Imbiss an der Straßenecke.

Das kleine Häuschen war sonnengelb und trug die Auf-
schrift: „WURST mit ODER ohne" in tomatenrot. Bei
ihrem ersten Besuch hatten Ellen und Tom von Jochen,
dem Besitzer, erfahren: »WURST bedeutet Bratwurst,
Bockwurst, Currywurst „mit…ohne" Darm und ODER
steht für Pommes, Burger, Schnitzel, Salat.«
Jochen war humorvoll, Ende vierzig, groß, blond und
kräftig gebaut. Er hatte keine Familie und verkaufte
täglich von elf Uhr vormittags bis acht Uhr abends die
beste Currywurst weit und breit. Bei schönem Wetter
standen drei weiße Bistrotische und zwei große gelbe
Sonnenschirme draußen. Der Imbiss war geräumig. Es
gab Platz für eine kleine Sitzbank und vier kleine gelbe
Tische mit je drei roten Stühlen.

»Hallo Lady«, schmeichelte Jochen ihr wie gewohnt.
»Alles gut bei euch? Ich habe gesehen, dass die Polizei
und ein Krankenwagen vor eurem Haus standen. Was
war denn los?«
Jochen war neugierig wie ein Waschweib. Er versorgte
Ellen, ähnlich wie die anderen Ladenbesitzer, oft unge-
fragt mit angeblichen Neuigkeiten. Aus Ellens Sicht
handelte es sich meist um belangloses Geschwätz der
Nachbarschaft. Trotzdem mochte sie Jochen gerne. Er
war ein sympathischer Typ und behielt seine gute Laune
selbst in stressigen Momenten. Ellen berichtete ihm
kurz von ihrem frustrierenden Gespräch mit dem

Polizisten.

»Ach, die meisten wirken bloß etwas stumpf. Das liegt wahrscheinlich an der täglichen Routine und der geringen Erfolgsquote. Einige sind ganz nett hier im Bezirk. Die kommen zu mir auf ein Käffchen und quatschen dann wie ganz normale Leute«, beschwichtigte er Ellen. »Ich habe Simone und Frank auch zuerst als Paar wahrgenommen. Die sehen sich überhaupt nicht ähnlich, finde ich. Er hat sich mal abends nach dem dritten Bier, hier bei mir am Seitentisch, über seine Schwester ausgelassen. Daher weiß ich es.«

»Wieso ausgelassen?«, hakte Ellen nach.

»Ich weiß nicht mehr genau, worum es ging. Ich glaube um Geld. Die hatten scheinbar öfter mal Stress miteinander. Die stammen ursprünglich aus Augsburg und haben bereits als Kleinkinder ihre Eltern verloren. Wenn ich mich recht erinnere, sind sie dann bei einer Tante aufgewachsen. Es gibt wohl keine weitere Verwandtschaft. Ist schon traurig, was mancher so erleiden muss. Tja, und irgendwann haben sie sich für einen gemeinsamen Neustart hier in Berlin entschieden. Frank wollte, glaube ich, anfangs lieber nach Cottbus ziehen. Warum er… bitte warte mal kurz.«

Jochen musste Dirk, seinem Mitarbeiter, unter die Arme greifen, weil sich langsam eine kleine Traube von Kunden bildete. Derweil ließ Ellen ihren Blick durch den Imbiss schweifen. Jochen hatte umgestellt und damit Platz für einen weiteren Tisch geschaffen. Außerdem hatte er endlich Sitzkissen für seine harten Stühle besorgt.

Warum bin ich eigentlich nie auf die Idee gekommen, Jochen nach unseren Nachbarn zu fragen. Offensichtlich ist Herr Schulz gar nicht so wortkarg, überlegte sie gerade, als Jochen sich wieder zu ihr hinüberbeugte.

»Sorry Ellen«, entschuldigte er sich und sprudelte weiter sein Wissen heraus: »Auf jeden Fall denke ich, dass da etwas nicht koscher ist. Simone ist vor einiger Zeit zurück nach Augsburg, und er hat immer öfter abends hier bei mir im Imbiss gesessen. Seine paar Biere hat er jedes Mal mit einem Hunderter bezahlt. Das ist schon ungewöhnlich. Trotzdem finde ich sowas vor Kassenschluss natürlich gut, weil ich dann nicht so viel Kleingeld zur Bank schleppen muss. Aber jetzt war er schon seit Tagen nicht mehr hier. Ich denke, dass er vielleicht in Drogengeschäfte oder sowas verwickelt sein könnte.«

Er sprach ganz leise, damit niemand mithören konnte. Ellen blickte ihn mit großen Augen ungläubig an.

»Wegen der Geldscheine?« Sie wollte wissen, woran Jochen seinen Verdacht festmachte.

»Nicht nur«, erklärte er weiter. »Der hat sich zwischendurch immer beiseitegestellt und telefoniert. Danach war er meist blass und durcheinander. Außerdem ist es doch sehr wahrscheinlich, dass jemand gründlich nach Geld gesucht hat, wenn seine Bude verwüstet vorgefunden wurde. Bestimmt hat Frank sich mit der Kohle abgesetzt«, mutmaßte Jochen munter weiter.

Ellen hatte genug gehört und flüsterte:

»Jochen, erzähl diese Geschichte bloß nicht noch

jemandem. Ansonsten kommst du in Teufels Küche. Verleumdung ist strafbar. Für mich klingt deine Schlussfolgerung eher wie die Story eines B-Movies. Wir sind hier aber nicht in Hollywood«, ermahnte sie ihn freundschaftlich. Ellen schaute kurz zu Dirk hinüber. Er hatte scheinbar nichts mitbekommen.

»Okay Jochen, ich muss jetzt mal langsam hoch. Bitte zweimal wie immer«, sagte sie dann wieder in normaler Lautstärke.

Jochen sah ziemlich enttäuscht aus, weil er Ellen nicht hatte überzeugen können. Er füllte die Würstchen und die Pommes auf zwei große Pappteller, gab ihr alles gut verpackt und sagte zwinkernd:

»Du wirst schon sehen!«

Du erst recht, dachte Ellen, sagte: »Tschüss dann« und ging eilig heim.

»Das hat ja ganz schön lange gedauert. Konnte Jochen etwas ergänzen?« Tom klang nicht ernsthaft interessiert.

»Die heißen übrigens Simone und Frank Schulz«, begann Ellen.

»Aha. Die Namen machen sie jetzt aber auch nicht sympathischer. Oder?«

»Darum geht es doch gar nicht«, gab sie schnippisch zurück.

Tom merkte sofort, wenn Ellen etwas nicht losließ.

»Du ärgerst dich immer noch über den Kommentar des Polizisten, nicht wahr Schatz?«

Tom nahm Ellen bei der Hand und zog sie an sich

heran, um ihre Nasenspitze zu küssen.

»Du bist nicht dumm, nur zu beschäftigt«, lächelte er sie zwinkernd an. »Menschen, die daheim arbeiten, müssen nicht zwangsläufig mehr über ihre Nachbarn wissen als diejenigen, die zur Arbeit fahren. Dazu hatte ich das Glück, im Hausflur befragt zu werden, und Polizisten sprechen Männer häufig anders an, allerdings oft auch härter im Ton. Versuch den Vorfall zu vergessen. Der Schulz wird schon wieder auftauchen. Vielleicht hat er unten selbst das Durcheinander veranstaltet. Manche bekommen einen Tobsuchtanfall und schaden sich selbst in irgendeiner Form, damit sie nicht auf andere losgehen. Ist auch nicht gut, aber besser als andersrum.«

»Das ist natürlich auch eine Möglichkeit. Jochen kennt diesen Frank zwar ein wenig, aber er hat gleich eine sensationelle Story parat gehabt.«

Ellen ließ Tom die Details wissen. Zusammen spannen sie die Geschichte noch weiter aus und amüsierten sich köstlich. Letztendlich vermuteten beide, dass Herr Schulz aus irgendeinem persönlichen Grund seiner Schwester eins auswischen wollte.

Es war mittlerweile Abend geworden, und Ellen hatte noch keinen Handschlag für ihren neuen Auftraggeber getan. Der Abend war für ein Telefonat mit ihrer Tochter reserviert, die ohne einen fest vereinbarten Termin schwer erreichbar war. Julia schickte ihr für gewöhnlich die Nachricht: „In einer halben Stunde können wir telefonieren, wenn du magst." Natürlich wollte sie immer.

Es war nur der Umstand, dass ein spontaner Anruf einem eventuellen Notfall vorbehalten war, den Ellen bedauerte. In Erwartung der Nachricht und innerlich auf Abruf programmiert, blockierte sie sich stets ein unnötig großes Zeitfenster. Währenddessen erledigte Ellen zwar kleinere Hausarbeiten, aber ihre eigentliche Arbeit blieb liegen.

Morgen muss ich durchstarten, nahm Ellen sich fest vor. *Der heutige Tag ist ohnehin dumm gelaufen.*

Draußen wurde es langsam schwül. Ellen telefonierte gerade mit Julia, als ein kräftiger Windstoß einen Blumentopf traf.

»Oh nein, meine Dipladenia«, rief Ellen entsetzt.

»Was ist denn passiert, Mama?«

»Ach, der eine Topf steht ungünstig und kippt bei Wind ständig um. Bleib dran, ich nehme dich mit auf den Balkon.«

Ellen klemmte sich den Hörer mit der Schulter ans Ohr und versuchte umständlich ihre Blume vorm Abknicken zu retten.

»Normalerweise stelle ich sie bei Wind auf den Boden, aber bis eben war es völlig ruhig draußen. Das Unwetter sollte erst heute Nacht beginnen.«

»Was ächzt denn da im Hintergrund? Hört sich komisch an. Bist du das oder ist das der Wind?«

»Weder ich noch der Wind ächzen. Die Nachbarn gegenüber vögeln mal wieder bei offenstehender Balkontür«, antwortete Ellen trocken.

»Mama«, schallte es aus dem Hörer.

Ellen kannte diese Reaktion ihrer Tochter und fügte hinzu:

»Ich sagte nicht, wir vögeln, sondern die Nachbarn tun es.«

»Das ist mir klar, aber wie du dich ausdrückst.«

Mein Gott, dachte Ellen. *Julia ist mir gegenüber noch verklemmter als ihr Bruder.*

»Was ist denn an dem Wort so schlimm? Ich bin doch noch keine achtzig«, rechtfertigte sie sich und war pikiert über die Maßregelung ihrer Tochter.

Diesbezüglich ähnelte Julias Verhalten ausnahmsweise dem ihres Bruders. Ansonsten waren beide so unterschiedlich und oftmals gemein zueinander, wie Geschwister es erstaunlicherweise sein konnten. Julia war mit ihren siebenundzwanzig Jahren ziemlich genau zwei Jahre älter als Sven. Zwei Juni-Geburtstagskinder mit einem Abstand von fünfzehn Tagen. Im Gegensatz zu ihm, war sie immer fleißig in der Schule und vieler Lehrer Liebling gewesen. Julia konnte bemerkenswert auswendig lernen und interessierte sich, zum Erstaunen ihres Bruders, für Biologie und Chemie. Als sie diese Fächer für ihr Studium gewählt hatte, war Svens einziger Kommentar gewesen:

»Passt zu dir, da muss man nämlich nichts verstehen. Du lernst doch bloß stumpf alles auswendig.«

»Das behauptest du nur, weil du stinkend faul bist. Ich bin auch gut in Mathe«, hatte Julia zickig gekontert. Ellens stetige Bemühungen, den ihr unverständlichen

Konkurrenzkampf der beiden zu unterbinden, waren kläglich gescheitert. Nach ihrem Master war Julia eine hochdotierte Stelle von einem Schweizer Forschungsinstitut angeboten worden.

»Toll! Ich bin sehr stolz auf dich, mein Spatz. Und die Schweiz ist wunderschön«, hatte Ellen versucht, ihre Trauer zu verbergen. Sie hätte Julia lieber in ihrer Nähe gehabt. Aber Julia wusste um die Gefühle ihrer Mutter, hatte sie umarmt und tröstend gesagt:

»Mama, die Schweiz ist doch nicht weit weg. Ich komme ganz sicher oft heim.«

Das war zu Anfang auch der Fall gewesen. Mittlerweile kam Julia nur noch dreimal im Jahr nach Berlin. Dafür telefonierten sie wöchentlich, meist eine Stunde. Julia hatte immer viel zu berichten. Sie leitete ein riesiges Projekt, von dessen Materie Ellen zwar nichts verstand, ihren Erzählungen dennoch gerne lauschte, um sich Julias Tätigkeit vorstellen zu können.

»Und, was gibt´s bei euch Neues?«, wollte Julia wissen.

Nachdem Ellen sie über das Ereignis des Tages informiert hatte, endete sie mit der Feststellung:

»Je mehr ich darüber nachdenke, desto weniger wundere ich mich, dass es Bruder und Schwester sind. Ihr seid schließlich auch sehr unterschiedlich.«

»In unserer Art, aber wir sehen uns schon ziemlich ähnlich«, erwiderte Julia. »Das sagen sogar meine Kollegen hier, wenn ich ihnen hin und wieder Familienfotos zeige.«

Julia hatte recht. Allerdings wirkte sie auf den ersten

Blick nicht südländisch. Sie war ebenfalls sehr schlank, hatte strahlend blaue Augen und lange blonde Haare, die sich leicht wellten. Julia war von klein auf eine Schönheit.

»Ja, das stimmt«, bestätigte Ellen ihr. »Aber ehrlich gesagt, kann ich dir gar nicht sagen, ob die Nachbarn von unten sich nicht auch ähneln. Im Vorbeigehen habe ich sie als kleine, pummelige Rothaarige und ihn als einen eher großen Dunkelhaarigen mit einer etwas stämmigen Figur wahrgenommen. Es ergab sich bislang keine Gelegenheit, sie genauer zu betrachten.«

»Egal Mama, auf jeden Fall habt ihr schon eine wirklich merkwürdige Nachbarschaft, und manches ist echt ziemlich fragwürdig. Denk nicht so viel nach und lass dich nicht ärgern. Ich hab dich lieb.«

»Eine sehr treffende Formulierung, mein Spatz. Dicken Kuss und bis bald«, verabschiedete sich auch Ellen. Sie war müde.

Samstag

Ellen wachte auf und schaute auf den Wecker, der auf dem kleinen Glastisch neben ihrem Bett stand. Die kleinen Leuchtpunkte auf den Zeigern ließen kurz nach vier erkennen. Ellen lauschte, konnte aber kein Geräusch feststellen, dass sie hätte geweckt haben können. Sie blickte zu Tom rüber. Er lag neben ihr in seiner Bettdecke eingemummelt und schlief fest.

Komisch, nicht einmal Schnarchgeräusche.

Tom atmete ruhig und gleichmäßig.

Warum bin ich schlagartig hellwach?

Sie schob vorsichtig ihre Decke beiseite, kroch aus dem Bett, schlich ans Fenster und schielte durch den Vorhang.

Von wegen Unwetter. Alles trocken. Die Windböe war ein Fehlalarm und die Wettervorhersage erst recht.

Ellen beschloss, sich in die Küche zu setzen und Karten zu legen bis sie wieder müde wurde. Hoffentlich. Leise verließ sie das Schlafzimmer und tastete sich über den breiten Flur. Als sie am Arbeitszimmer vorbeikam, bemerkte sie ein klitzekleines Licht und stellte fest, dass es der Bildschirmschalter war.

Toll Tom, so brennt er bald durch.

Sie hielt einen Moment inne, bevor sie den Bildschirm ausmachte.

Nein, lieber nicht. Es macht keinen Sinn, mich jetzt mit meinem neuen Projekt zu befassen.

Sie sah sich schon bis am späten Vormittag am PC sitzen und dann die Flügel hängen lassen. Wenn sie den morgigen Samstag vernünftig gestalten wollte, musste sie noch ein paar Stunden Schlaf finden. Am Sonntag würden Sven und Mona zum Essen kommen, wie immer. Es gab nur wenige Ausnahmen.

Und schwuppdiwupp ist das Wochenende auch rum. Mir rennt die Zeit weg. Am Donnerstag muss ich meinen Vorschlag für die Webseite präsentieren.

Ellen ging in die Küche. Ihr wurde ganz mulmig zumute, weil sie noch gar keine Idee hatte, jedenfalls noch keine umsetzbare. Sie nahm sich ein Glas aus einem der Hängeschränke und goss Wasser hinein. Dann setzte sie sich an den alten rechteckigen Holztisch, zu dem vier Stühle gehörten. Sie knarrten, wenn man sich daraufsetzte. Eigentlich mussten sie ausrangiert werden. Tom hatte sie schon mehrmals geleimt, weil sie sich nicht von ihnen trennen wollten.

Ellens Kipperkarten lagen immer am Rande des Küchentisches. Sie räumte sie nur weg, wenn Besuch kam. Für Tom war es mittlerweile normal, dass Ellen allabendlich ihre Karten befragte. Trotzdem war er oft neugierig:

»Und was sagen die Karten?«

»Weiß nicht genau … unklar.«

»Wonach fragst du denn?«

»Ach Tom, immer das Gleiche. Was gibt es morgen

Besonderes?«

»Aber du legst doch meist mehrmals.«

»Ja, wenn ich die Antwort nicht sofort klar deuten kann. Oder ich hinterfrage, was morgen besonders gut läuft oder eben besonders schlecht. Auch versuche ich herauszufinden, wen es betrifft. Und wenn ich eine konkrete Frage stelle, hat manche Antwort einen Grund, der mich ebenfalls interessiert.«

»Zum Beispiel?«

»Ach Tom, bitte frag doch nicht immer wieder.«

Wie oft hatte Ellen schon versucht, ihm zu erklären, dass ihre abendliche Kartenlegung auf unmittelbar folgende Geschehnisse hinwies, auch wenn diese sie manchmal nur mittelbar betrafen. Und dass manche Tage eintönig schienen, sich aber im Hintergrund etwas abspielte und Ellen häufig erst später irgendeine Nachricht erhielt, die ihrer Kartenlegung Sinn verlieh. Mitunter war die Deutung wirklich schwierig, aber nicht unmöglich, wenn Ellen achtsam war. Sie konnte das Tom nicht so einfach erklären. Sie machte das schon fünfzehn Jahre lang, nur für sich selbst. Die Karten hatten ihr schon viel verraten. Die ein oder andere sicher gewonnene Erkenntnis gab sie ab und zu an Tom weiter.

»Da hatten die Karten ja mal wieder recht. Seltsam, dass das funktioniert«, sagte er dann beeindruckt.

Außerhalb der Familie sprach Ellen nicht gerne über ihre Kartenlegungen. Auch den Kindern gegenüber hielt sie sich weitestgehend bedeckt.

Der Mond leuchtete ins Küchenfenster. Ellen betrachtete eine Weile den sternenklaren Himmel. Dann trank sie einen Schluck Wasser, atmete tief durch, schloss die Augen und versuchte für circa zwei Minuten an nichts zu denken. Das war kein spirituelles Ritual. Sie brauchte auch keinen Kerzenschein, nur Ruhe und Konzentration. Ihre Karten waren mittlerweile ein wenig abgegriffen, doch für Ellen kam nicht in Frage, sie zu erneuern. Während sie die Karten mischte, dachte sie an ihren Termin.

Wird mein Vorschlag Anklang finden?

Dann legte sie fünf Karten aus: eine mittig, zwei links versetzt untereinander und zwei rechts versetzt untereinander. In der Mitte lag „Zu hohen Ehren kommen" und bedeutete, dass Ellen Erfolg haben würde. Die beiden linken Karten „Gericht" und „Reiches Mädchen" standen für den Termin und Ellen in ihrer Tätigkeit und die beiden rechts liegenden Karten „Geschenk bekommen" und „Gute Dame" besagten, dass ihre Idee gut sein würde. Das war eindeutig und zufriedenstellend. Ellen kannte die Räumlichkeiten der Firma gut und malte sich aus, wie sie dort stand, alles erläuterte und auf jede Frage sofort eine Antwort parat hatte. Langsam wurden ihre Augenlider schwer. Sie schaute auf die runde Wanduhr. Es war mittlerweile fünf Uhr zwölf. Sie musste und wollte schlafen gehen.

Noch einen schnellen Blick auf den morgigen Tag.

Dieses Mal machten es ihr die Karten nicht leicht.

Gut, das war's. Bringt jetzt nichts mehr. Ich bin zu müde.

Sie knipste das Licht aus, schlich zurück ins Schlafzimmer und krauchte wieder ins Bett. Tom brummelte etwas, schien aber zu schlafen. Ellen schmiegte sich vorsichtig an ihn und schlief sofort ein.

»Guten Morgen, mein Schatz.« Tom war bereits angezogen und saß auf ihrer Bettkante. Ellen hatte überhaupt nicht mitbekommen, dass er aufgestanden war. Das war oft so.

»Guten Morgen.« Ellen blinzelte ihn schlaftrunken an.

»Der Kaffee wartet bereits auf dich. Kann ich schon die Vorhänge aufziehen oder brauchst du noch einen Moment?«

»Nee, mach ruhig.« Sie streckte sich ausgiebig. »Das ist lieb von dir. Wie spät ist es?«

»Gleich halb elf«, entgegnete Tom und schob die Vorhänge zur Seite, sodass die Sonne ins Zimmer schien.

»Was? Oh nein!« Ellen schoss aus dem Bett. »Mensch Tom, warum hast du mich denn nicht eher geweckt?«

»Weil du so selig geschlafen hast. Offenbar hatte dein Körper das nötig.«

»Aber ich wollte mit dir in Ruhe frühstücken und dann loslegen«, jammerte Ellen und zog sich ein T-Shirt über.

»Das machen wir jetzt auch. Ich habe Brötchen geholt. Nun sei nicht knatschig und komm erst mal mit auf den Balkon. Duschen kannst du später. Danach hast du den ganzen Tag Zeit für deinen Auftrag. Wir haben heute doch nichts weiter vor.«

Tom ging in Richtung Balkon. Ellen hüpfte in ihre

Shorts und huschte ins Bad. Sie warf sich eiskaltes Wasser ins Gesicht und richtete kurz ihre Haare. Schließlich konnten mehrere Nachbarn auf ihren Balkon schauen. Dort angekommen, strahlte sie Tom an und sagte begeistert:

»Wow! Das sieht ja einladend aus.«

Wie immer, hatte Tom den Frühstückstisch liebevoll gedeckt. Auf Ellens Teller lag ein Brötchen in Herzform, und daneben stand eine kleine Vase mit einer einzelnen Rose. Sie drückte und küsste ihn.

»Dankeschön. Das ist total lieb von dir.«

»Immer wieder gerne.« Tom grinste zufrieden. »Es gibt auch frisch gepressten O-Saft. Magst du?«

Ellen bejahte, und er schenkte zwei Gläser ein. Auf ihrem Südbalkon war es schon ziemlich warm. Tom hatte den blau-weiß gestreiften Sonnenschirm aufgespannt. Sie mochten beide nicht in der prallen Sonne sitzen. Plötzlich ertönte wieder das Stöhnen von gegenüber.

»Frühsport«, bemerkte Tom verschmitzt lächelnd.

Es amüsierte ihn. Ellen nicht, jedenfalls nicht mehr. Sie verdrehte die Augen und machte einen genervten Gesichtsausdruck.

»Das klingt so unecht. Minutenlang monotones Gestöhne. Mehrmals täglich, nur von ihr. Ich finde das langweilig und abtörnend wie einen schlechten Pornofilm. Möchte mal wissen, wie das die anderen Nachbarn finden.«

»Na ja, so´n bisschen aufgesetzt klingt das schon«,

bestätigte ihr Tom. »Und „Madame Korrekt" findet das bestimmt sehr unkorrekt«, prustete er.

»Wahrscheinlich«, murmelte Ellen und dachte: *Ich bin ja kein Spießer, aber diesmal hat die Frau dann völlig recht.*

»Sag mal, wen kennst du hier eigentlich?«, lenkte Ellen das Gespräch um.

»Kennen? Wirklich kennen tue ich keinen Nachbarn.«

»Klar. Ich meine auch nur vom Sehen oder Smalltalk.«

»Hhmm… wen haben wir denn hier so alles… lass mich mal kurz überlegen…«

»Fang doch einfach mal an, als würdest Du vorm Haus stehen«, schlug Ellen vor.

»Okay.« Tom schloss die Augen und schien ihrem Vorschlag zu folgen. »Also, im Parterre wohnen die beiden Herren in der Maisonettewohnung mit Terrasse zur Straße hin. Ich glaube die sind sogar Eigentümer…«

»Falsch!«, unterbrach sie ihn abrupt. »Einer ist Eigentümer, und zwar Herr Gast, der…«

»Die heißen doch beide Gast. Steht jedenfalls an der Klingel. Habe ich gesehen, als ich mal ein Paket abgegeben habe«, fuhr Tom jetzt Ellen ins Wort.

»Ja, weil der ohne Brille den Namen seines Ehepartners angenommen hat. Trotzdem ist er nicht Eigentümer, die haben nämlich einen Ehevertrag.«

»Woher weißt du das?«

»Hat mir Kemal Ende letzten Jahres erzählt, als ich ihm deine Hose gebracht hab, damit er einen neuen Reißverschluss einnäht. Er hatte mich gefragt, wie ich das finde, dass die beiden geheiratet haben. Du kennst ihn doch.

Er lebt schon eine Ewigkeit hier, kennt Hinz und Kunz und muss überall seinen Senf dazugeben. Er bemängelt viele Gesetze, hält einem Vorträge und schließt damit, dass ja alles sein Für und Wider hat. Und natürlich, dass er sich ja nicht einmischt, keine Vorurteile hat, sich halt nur so seine Gedanken macht… ich denke, dass hat bei ihm mehr mit dem Alter als mit seiner Nationalität zu tun. Kemal ist ein feiner Kerl, aber er ist auch ein alter Nörgler.«

»Stimmt. Kemal ist nett, aber anstrengend«, lachte Tom. »Jedenfalls meinte Kemal, dass der jüngere Gast ohne Brille finanziell abhängig von seinem Ehepartner ist, der ein großes Immobilienunternehmen besitzt.«

»Aha. Finde ich jetzt aber nicht so spannend.«

»Nee, spannend ist das auch nicht. Hab ja nur gemeint: von wegen Eigentümer.«

»Na gut, damit kennen wir die jetzt etwas besser«, grinste Tom und fuhr fort: »Darüber wohnen die, die mehr Pakete bekommen, als man Bestellungen aufgeben kann. Mensch, wie heißen die doch gleich?« Tom überlegte kurz. »Ich komme sicher gleich drauf. Jedenfalls über denen ihr Sohn. Meinst du, ich komme auf den Namen?«

Er verschränkte seine Arme vor der Brust und runzelte die Stirn. Auch Ellen stützte den Ellenbogen auf den Tisch, legte Ihr Kinn auf ihrer Handfläche ab und verzog nachdenklich das Gesicht. Beide guckten sich tief in die Augen und warteten darauf, wer als erster den Einfall haben würde. Es dauerte ein paar Minuten bis Tom rief:

»Schramm! Mein Gott, das hat jetzt aber gedauert bis meine Gehirnzellen angesprungen sind.«

»Genau«, stimmte ihm Ellen zwinkernd zu.

»Du meinst beides ist richtig, nicht wahr mein Schatz? Schönen Dank auch.«

»Würde ich mir nie erlauben!«, spaßte sie. »Bin doch selbst nicht drauf gekommen. Aber da siehst du mal, wir nehmen ständig Pakete für die an, und trotzdem fällt uns der Name nicht gleich ein. Ist doch komisch, oder?«

»Nee, ist es nicht. Du weißt doch: Interesse steuert Wahrnehmung.«

»Auch richtig. Obwohl man die Familie schon wahrnehmen muss«, kicherte Ellen und beschrieb: »Er klein und mager, sie riesig für eine Frau und mehr als vollschlank und der Sohn viel zu schwabbelig für seine Mitte dreißig. Findest du nicht?«

»Schatz, das ist ja ´ne nette Beschreibung.« Tom lachte laut auf. »Zu mir sind die stets freundlich. Und es wurden nun mal nicht alle so gesegnet wie du.«

»Ist doch gar nicht böse gemeint. Das eine schließt das andere ja nicht aus.« Ellen errötete leicht, weil ihr Gesagtes schäbiger klang, als sie es gemeint hatte.

»Alles gut. Du hast im Grunde ja recht. Klang nur etwas abwertend und so kenne ich dich gar nicht. Lass uns weitermachen. Jetzt kommt unsere Seite zur Privatstraße. Unter uns wohnen oder wohnten, das werden wir ja wahrscheinlich bald erfahren, die Zicke und der Wortkarge namens Schulz. Über die wissen wir jetzt einiges durch die Polizei. Im zweiten über uns lebt die ausgesprochen nette Frau Wangel und im dritten Stock der Artist. Von dem weiß ich nur, dass er wenig daheim ist und Balzer heißt.«

»Adrian Balzer«, ergänzte Ellen. »So hatte er sich uns vorgestellt, als wir gleich nach dem Einzug fragten, ob er auch Eigentümer ist. Den Namen kann ich mir gut merken.«

»Das kann ich mir denken. Der sieht ja auch gut aus, nicht wahr?«

»Na sag mal! Tom, der Mann ist Ende vierzig, schätze ich.«

»Na und?«

»Nicht: Na und? Ich finde nur seinen Namen schön. Punkt! Den bekommt man eh kaum zu Gesicht. Der ist doch ständig auf Tournee. Jedenfalls sehe ich seine Schwester, die nach dem Rechten schaut, öfter als ihn. Die beiden sehen sich total ähnlich. Vielleicht sind das sogar Zwillinge.«

»Ich glaube, die habe ich noch nie gesehen. Und viel mehr Leute aus der Nachbarschaft kann ich dir auch gar nicht aufzählen. Nur noch unsere Erbsenzählerin gleich gegenüber, die Raucher von der Terrassenwohnung da drunter und die Quietschtante, die ich allerdings, im Gegensatz zu dir, selten höre und noch niemals gesehen habe.«

»Aber den jungen Mann...«, warf Ellen ein, als das Telefon klingelte.

Tom ging rein und nahm den Hörer ab. Offenbar war

sein Skatbruder Manfred am Apparat. Ellen hörte, wie Tom erzählte und wiederholt nach kleineren Pausen schallend lachte. Nach einer knappen Viertelstunde kam er zurück auf den Balkon.

»Das war Manfred«, bestätigte er Ellens Vermutung. »Er hat mich gebeten, am Freitagabend eine Stunde später zu kommen. Barbara hat einen Friseurtermin und fühlt sich sonst mit der Kocherei für uns gehetzt.«

Der Skatabend fand im Schnitt alle sechs Wochen abwechselnd zu Hause statt. Die davon jeweils betroffene Frau hatte die ehrenvolle Aufgabe, die drei Skatbrüder zu bekochen. Als Belohnung wurden alle drei Frauen einmal im Jahr auf Kosten der Skatkasse zum gemeinsamen Restaurantbesuch ausgeführt. Natürlich ließ sich zwischendurch einer der Männer auch mal dazu hinreißen, Blumen mitzubringen.

»Kommt ja auf eine Stunde nicht an. Hier, nimm das mal bitte mit rein.«

Ellen hatte bereits alles zusammengeräumt, den verbliebenen Aufschnitt zurück in den Kühlschrank gestellt und hielt Tom nun einen Teil des Geschirrs entgegen. Er nahm es ihr ab, und sie gingen gemeinsam in die Küche.

»Und was war so lustig?«, fragte sie neugierig.

»Müssen wir nicht erst noch unser Spiel beenden? Ich meine: Was weißt du mehr als ich?«, grinste Tom.

Das war kein Spiel. Ich wollte wissen, ob ich irgendeine Merkwürdigkeit außer Acht gelassen habe, dachte Ellen und kam sich plötzlich selbst komisch vor. Wie kam sie dazu?

»Darf ich nicht wissen, worüber ihr gelacht habt?«, hakte sie nach und ignorierte seine Nachfrage.

»Ach Schatz, ich habe Manfred von dem Vorfall unter uns erzählt und dann Jochens Story. Er hatte natürlich auch gleich eine mögliche Erklärung für die verwüstete Wohnung und das Verschwinden von dem Schulz. Die ist ebenso grotesk, wie das Hirngespinst von Jochen. Ich möchte einfach nicht, dass du dich dadurch weiter mit dem Vorfall beschäftigst und dir selbst Zeit raubst.«

»Darf ich das vielleicht selbst entscheiden?«, trotzte Ellen.

»Hola, warum bist du gleich eingeschnappt? Ich meine es doch nur gut«, entgegnete Tom leicht irritiert.

»Ich weiß, bitte entschuldige. Ich möchte doch nur mitlachen. Erzähl schon«, drängte sie Tom.

»Gut. Manfred gab eine ähnliche Vermutung wie Jochen zum Besten. Er meinte, es sei ja auch möglich, dass der Schulz der noch unbekannte Kumpane von dem Raubüberfall auf den Juwelier am Ku´damm vor zwei Wochen ist. Manfred hat dann allerdings selbst gemerkt, dass mit ihm gerade die Pferde durchgehen, und deshalb haben wir so gelacht.«

»Achso. Na ja…«, versuchte Ellen gleichgültig zu wirken.

Sie erinnerte Toms Hinweis: Interesse steuert Wahrnehmung. Und in diesem Moment nahm Ellen wahr, dass ihr Interesse immer mehr dem Verbleib von Frank Schulz galt. Vorerst musste sie sich allerdings ihrer Arbeit widmen, um nicht ins Hintertreffen zu geraten.

Auch sollte Tom nichts davon mitbekommen, da er es nicht nur für Zeitverschwendung, sondern auch für die alleinige Aufgabe der Polizei hielt.

Wahrscheinlich ist es schlicht weibliche Neugier, zog sie ihr Fazit und steuerte in Richtung Arbeitszimmer.

Langsam wurde es heiß draußen.

»Schatz, holst du bitte den Ventilator aus dem Keller? Die Hitze staut sich in den Räumen und macht mir das Denken schwer. Bitte sei so lieb.«

Sie hatte ihn bereits vor zwei Tagen darum gebeten, aber er hatte es geflissentlich überhört. Tom verabscheute diesen Keller inzwischen genauso wie Ellen. Als er das letzte Mal unten gewesen war, hatte er überall Rattenkot entdeckt und anschließend geflucht:

»Das ist ein wahrer Alptraum da unten. Jetzt reicht´s mir aber wirklich. Ich habe die Hausverwaltung schon mehrfach gebeten, sich darum zu kümmern und nichts passiert. Ich weiß nicht, ob es den anderen Mietern egal ist, mir jedenfalls nicht. Stell dir mal vor, einem springt so´n Vieh ins Gesicht, nur weil man was vom Regal nehmen will. Dieser Zustand ist echt ein Kündigungsgrund.« Er war außer sich gewesen und Ellen entsetzt. Es musste wirklich schlimm sein, wenn Tom sich derart aufregte. Das entsprach nicht seiner Art. Grundsätzlich war er ein optimistischer und lösungsorientierter Mensch.

Ein halbes Jahr nach ihrem Einzug hatte Tom ein defektes Abflussrohr im Keller entdeckt und dies der

Hausverwaltung mitgeteilt. Die Berliner Tageszeitungen berichteten ständig über das Rattenproblem in der Stadt und warnten insbesondere vor einem Nahrungsangebot durch offenstehende Mülltonnen und in Abflüssen entsorgte Lebensmittel. Als beliebte Nistplätze wurden Hinterhöfe, Lagerräume und Keller genannt. Aufgrund dessen hatte die Hausverwaltung den Rohrschaden zügig beheben lassen. Gleich nach der Reparatur hatte Tom den Keller ausgefegt und dabei schwarze Krümelchen gesichtet. Er war unsicher gewesen, ob eine Ratte oder eine Maus ihre Spur hinterlassen hatte.

»Ich denke, da haben wir nochmal Glück gehabt, dass die Hausverwaltung ausnahmsweise mal schnell reagiert hat. Irgendein Viehzeug wollte es sich da unten wohl gerade schon bequem machen«, hatte er erleichtert zu Ellen gesagt.

Doch das war ein Irrtum gewesen. Von Jahr zu Jahr verschlimmerte sich der Zustand der Kellerräume. Zum einen verursachten die ständig zunehmenden Unwetter permanente Überschwemmungen, zum anderen versperrten nicht alle Mieter die Zugangstür zum Kellerbereich. Dadurch vermehrten sich Dreck und unerlaubt abgestellter Sperrmüll in den Gängen. Mittlerweile beherbergten die Kellerräume dauerhaft Ratten und verursachten einen üblen Geruch im Treppenhaus.

»Nee, ganz sicher nicht. Da unten ist alles verkeimt. Ich gehe gleich in die Stadt und kaufe uns einen neuen Ventilator. Die Rechnung schicke ich dann unserem

Vermieter. Die Eigentümer sollen sich endlich einigen und von der Hausverwaltung die Kammerjäger beauftragen lassen. Mich kotzt dieser Zustand echt an«, beantwortete er Ellens Bitte und verlieh damit seinem Unmut erneut Ausdruck.

Sie wusste, dass er tatsächlich einen Auszug in Erwägung zog, denn hin und wieder präsentierte er ihr attraktiv dargestellte Wohnungsangebote. Sie hatten zwar schon einige besichtigt, bislang war aber noch nicht die Richtige dabei gewesen. Entweder gefielen ihnen die Wohnungsschnitte nicht, oder die Gegend kam für die beiden nicht in Frage.

»Ist mir auch recht. Hauptsache, hier weht zeitnah ein Windchen«, klagte Ellen über die Hitze.

Dabei fiel ihr ein, dass sie noch gar nicht geduscht hatte und ging ins Bad.

»Ich mach mich dann jetzt los«, hörte sie Tom rufen, als ihr schon das kühle Wasser über den Körper lief.

Frisch geduscht setzte sie sich an den PC, wurde aber von einem Vogel in ihrem Blumenkasten abgelenkt. Sie eilte auf den Balkon und scheuchte ihn behutsam weg. „Madame Korrekt" rief ihr ein freundliches »Hallo« rüber, und Ellen grüßte zurück. Da fiel ihr das Gespräch mit Tom beim Frühstück wieder ein, und dass sie ihm eigentlich noch hatte sagen wollen:

»Aber den jungen Mann, zu dem die Stöhnende gehört, haben wir beide doch schon gesehen. Das war in unserem zweiten Jahr hier. Da hatte er mal mit seinen

Freunden auf dem Balkon gegrillt.«

Ellen schätzte ihn auf Ende zwanzig, und seine vermeintliche Partnerin hatte sie auch noch nie zu Gesicht bekommen.

Vielleicht gibt es die ja gar nicht, und der spielt so´n ulkiges Spiel auf der Playstation oder so, fantasierte Ellen und grinste. Unter „Madame Korrekt" ging die Terrassentür auf. „Die Raucherin" setzte sich auf einen Stuhl und zündete sich eine Zigarette an.

Von denen weiß ich auch nichts, dachte Ellen.

Für sie gehörten die Leute gegenüber ebenso zu ihrer Nachbarschaft, wie die im eigenen Haus. Dort unten wohnte ein Ehepaar um die fünfzig, die bei Wind und Wetter draußen rauchten. Drüben in der zweiten Etage lebte ein Pärchen Anfang dreißig. Ellen traf die beiden oft auf der Straße. Entweder saßen sie gerade auf ihren Sporträdern oder waren nassgeschwitzt vom Joggen. Ellen bewunderte ihre Sportlichkeit und mochte ihren französischen Akzent. Über ihnen im dritten Stock wohnte ein junges italienisches Paar mit einem sehr lebhaften Kleinkind. Auch sie waren stets freundlich, wenn Ellen ihnen begegnete. Die andere Seite des Hauses konnte Ellen von ihrem Balkon aus nicht sehen. Im Vorbeigehen nahm sie nur wahr, dass im Wohnzimmer der Terrassenwohnung zur Straße hin unzählig viele Bücher in den Regalen standen.

Die Bewohner des gegenüberliegenden Hinterhauses sah Ellen alle recht regelmäßig, weil sie sich – mit Ausnahme des jungen Mannes und seiner vermeintlichen

Freundin und einem einzelnen Herrn, der wahrscheinlich Ende fünfzig war – häufig auf ihren Balkonen zeig-
ten. Auch konnte Ellen die Nachbarn aus diesem Hinterhaus an der Hauseingangstür, welche sich in der Privatstraße befand, nach Hause kommen sehen.

Ich finde, ich weiß eine ganze Menge über meine Nachbarschaft,
lobte sie sich selbst und dachte wieder an den abschlie-
ßenden Kommentar des Polizisten. Ellen musste sich
eingestehen, dass sie die Worte des Polizisten mehr
getroffen hatten, als sie Tom gegenüber zugegeben wollte.

Bei unserem Hinterhaus trifft seine Bemerkung eher zu.
Dort hatte Ellen bislang nur drei von sechs Mietparteien
wahrgenommen: Eine Frau Ende vierzig im Parterre,
die regelmäßig zu viel trank. Einen Mann Mitte vierzig
im ersten Stock, dessen Zwillingsbruder mit seinem
Hund im Hinterhaus gegenüber lebte. Ellen nannte sie
„die grauen Erscheinungen, einmal mit und einmal ohne
Hund", weil sie stark rauchten und etwas ungepflegt
aussahen. Ellen und Tom hatten die beiden Männer nur
ein paar Male in den fünf Jahren gesehen. Und dann fiel
ihr noch ein Pärchen Mitte zwanzig im zweiten Stock
ein. Die sorgten regelmäßig für Trubel, sodass die Polizei des Öfteren kommen musste. Einmal hatten sie es
geschafft, dass der Dachstuhl über ihnen fast abge-
brannt wäre. Tom war gerade einkaufen gewesen, als
Ellen einen giftigen Geruch wahrgenommen hatte.
Dann waren draußen Rauchschwaden zu sehen gewesen
und in die Wohnung gezogen. Ellen hatte sich durch

den nebeligen Hausflur vor die Tür geflüchtet und dort mehrere Nachbarn getroffen. Die Aufregung war groß gewesen, weil die Feuerwehr die ganze Straße abgesperrt hatte, um den Brand zu löschen. Keinem war so richtig klar gewesen, wie das hatte passieren können. Seither munkelten einige, dass die beiden jungen Leute irgendwelche Drogen konsumiert hatten, und der junge Mann mit brennender Zigarette eingeschlafen war. Als Tom vom Einkaufen zurückkehrend in Ellens Richtung gekommen war, hatte Ellen ihn abgefangen, und sie waren ins Café gegangen bis alles vorbei war.

Ellen schaute auf die Uhr. Es war schon fast halb drei. Tom musste gleich mit dem Ventilator zurückkommen, und sie endlich mit ihrer Arbeit beginnen. Sie versuchte, sich zu konzentrieren und kam spontan auf eine Idee. Diesen Ansatz fand sie deutlich besser als ihre Überlegungen am Vortag. Endlich hatte sie eine konkrete Vorstellung. Deshalb nahm sie sich rasch ein Blatt Papier, um ihren Einfall zu fixieren. Ellen konnte nicht gut zeichnen, aber sie brauchte eine Art Vorlage für ihre grafische Umsetzung am Computer. Sie skizzierte ein neues Logo für die Firma. Das war zwar nicht in ihrem Auftrag enthalten, aber das jetzige fand sie altmodisch. Parallel hatte sie dazu einen passenden Slogan und Bilder im Kopf, die sie für Interessenten als Türöffner zu verschiedenen Bereichen der Firma nutzen wollte.
Ellen war dermaßen in ihrer Arbeit versunken, dass sie regelrecht erschrak, als Tom plötzlich hinter ihr stand.

Sie hatte ihn nicht aufschließen und reinkommen hören.

»Schau mal, was ich für uns ergattert habe«, sagte er stolz und hielt eine schwarze Säule aus Plastik in der Hand.

»Was ist das?«, fragte Ellen mit erstauntem Gesicht.

»Ein schicker und daher wohl nicht preiswerter Ventilator«, lachte Tom und führte ihr freudig seine neue Errungenschaft vor.

»Übrigens war es echt schwierig, überhaupt noch einen zu finden. Die Dinger sind bei der derzeitigen Affenhitze so gut wie ausverkauft. Ich war in drei Geschäften.«

»Großes Lob, mein Schatz. Du bist mein Held, und der Ventilator ist auch toll«, honorierte Ellen Toms Erfolg.

»Aber ich kann auch etwas vorweisen. Schau dir mal meinen Entwurf an. Ich möchte aber unbedingt deine ehrliche Meinung hören.«

Sie erklärte ihm ihr Vorhaben in allen Einzelheiten.

Tom hörte aufmerksam zu, hinterfragte ein paar Kleinigkeiten, die ihm unklar schienen und sagte mit anerkennendem Gesichtsausdruck:

»Gefällt mir optisch alles ausgesprochen gut. Das Logo ist schlicht und modern. Und diese Türöffner finde ich sehr ansprechend und vor allem anwenderfreundlich.«

Er munterte sie auf, diesen kreativen Moment auszunutzen und brachte ihr etwas zu trinken. Dann ließ er sie allein, damit sie ihren Faden nicht verlor. Zum Abendbrot servierte Tom ihr liebevoll garnierte Häppchen und kam nur noch einmal zwecks Gutenachtkusses vorbei. Gegen zwei Uhr fuhr Ellen den Computer

herunter, schlich leise ins Bad und legte sich anschließend erschöpft, aber zufrieden zu Tom ins Bett.

Sonntag

Tom freute sich über Ellens Zufriedenheit. Erstens tat er dies immer und zweitens war sie selten mit ihrer Leistung zufrieden. Sie hatte ihm gleich nach dem Aufstehen erzählt, dass sie mit der Webseite fast fertig geworden war. Es gab nur noch wenige Details, die sie ergänzen wollte.

»Schatz, du beeindruckst mich immer wieder aufs Neue. Erst zeterst du rum, findest keinen Anfang und plötzlich erledigst du alles im Nullkommanichts über Nacht. Echt unglaublich«, staunte Tom und nahm Ellen in den Arm. Sie antwortete verlegen:

»Ich weiß. Und ich schätze deine Geduld und deine Unterstützung sehr.« Sie küsste ihn. »Dankeschön, mein Schatz. Dafür gibt´s heute auch Scampis.«

»Die gibt es, weil die Kinder kommen«, sagte Tom grinsend.

Er liebte Meeresfrüchte genauso wie Sven. Diese Leidenschaft konnten Ellen und Mona, mit Ausnahme von Scampis, nicht teilen. Da es ohnehin schwer war, alle Vorlieben und Abneigungen unter einen Hut zu bekommen, hieß Ellen diesen Kompromiss als Sonntagsessen willkommen.

Für gewöhnlich kamen Sven und Mona nachmittags um vier und gingen gegen acht. Dieser Sonntag würde allerdings anders werden. Die beiden wollten bereits um halb eins kommen und Mona würde dann die nächsten beiden Nächte bei ihnen verbringen. Sven hatte zwei vorlesungsfreie Tage für einen Kurztrip mit seinen Freunden eingeplant. Um zwei sollte es auf nach München gehen, und am Dienstagabend würden sie zurückkommen. Die Jungs hatten sich bewusst für Wochentage entschieden, um mehr in der Stadt erleben zu können. Ellen begrüßte das, während Mona wenig begeistert war. Und Tom verstand weder, wo das Problem lag, noch warum Mona bei ihnen schlafen wollte. Ellen hatte versucht, es ihm zu erklären, obwohl sie es eigentlich selbst nicht verstand.

»Ach Tom, sie hat halt Angst allein zu Hause. Ihre Eltern sind im Urlaub, und deshalb möchte sie bei uns schlafen.«

»Angst? Sie ist doch kein Kind mehr. Das ist doch albern. Wovor fürchtet sie sich denn?«

»Keine Ahnung. Sie ist eben ein ängstlicher Typ.«

»Ja, ich weiß, aber doch nicht so ängstlich, dass sie nicht über Nacht allein sein kann. Es ist ja nicht so, dass ich sie nicht bei uns haben möchte. Ich mag sie. Ich finde nur den Grund fragwürdig.«

»Vielleicht liegt es daran, dass sie sich zu viele Gruselfilme angeguckt hat. Es gibt viele, die das tun und dann Angst haben, wenn sie allein sind.«

»Aber mal ehrlich, das ist doch beknackt. Wenn ich dazu neige, Filmhandlungen in die Realität zu übertragen, dann schaue ich mir solche Filme doch gar nicht erst an.«

»Tja… Aber du weißt doch auch, dass Mona sich selbst bei einem Krimi zusammenkauert und bei manchen Szenen wegguckt.«

»Ja, aber bisher dachte ich, das war nur Show, so zum Spaß.«

»Den Eindruck hatte ich nie.«

»Dann ist sie wirklich zart besaitet und sollte mal darüber nachdenken, ob es überhaupt gut für sie ist, derartige Filme zu gucken.«

»Gut Tom, es ist wie es ist. Mir ist wichtig, dass Sven mal etwas mit seinen alten Freunden unternimmt.«

Als es um viertel nach zwölf klingelte, bemerkte Tom mit einem überraschten Blick:

»Meine Herren, die sind ja heute oberpünktlich.«

Er begrüßte beide herzlich. Mona brachte einen großen Koffer mit, und Tom fragte lachend:

»Willst du bei uns einziehen?«

»Habe ich auch schon gefragt«, bemerkte Sven trocken.

»Nein, keine Bange, in dem Koffer sind auch Bücher, weil ich doch nebenbei Spanisch lerne, fast jeden Abend zwei Stunden«, antwortete Mona lächelnd.

»Das finde ich toll«, lobte Ellen sie. »Es ist ja auch von Vorteil, wenn du dich unterhalten kannst, ohne auf Svens Übersetzung angewiesen sein.«

Dann wendete sie sich Sven zu, legte ihm die Hand auf seine Schulter und sagte:

»Ich freue mich sehr darüber, dass Du noch mit uns isst,

bevor du fährst.«

Die Stimmung war gut, nur konnte es Sven nicht unterlassen, Mona permanent zu necken.

»Du bist echt ein Schisshase«, hänselte er sie. »Du musst doch auch mal allein sein können.«

»Ich finde das aber unheimlich, wenn ich nachts Geräusche höre«, wehrte sich Mona.

»Was für Geräusche? Außer mal ein vorbeifahrendes Auto oder Stimmen im Haus hört man bei uns doch gar nichts.«

»Manchmal knackt und knarrt irgendwas.«

»Vielleicht in deinem Kopf.«

»Sven, nun hör doch auf«, mischte sich Ellen ein.

Aus dem Augenwinkel sah sie, wie auch Tom sich innerlich amüsierte.

»Aber echt mal, Mama, das ist doch albern!«, erwiderte Sven.

Ellen sah ihren Sohn streng an, schüttelte leicht den Kopf und wusste genau, dass Tom in diesem Moment dachte:

»Genau meine Rede!«

»Vielleicht ist es gescheiter, spät abends keine nervenzerreißenden Filme zu gucken«, bemerkte Ellen in sanftem Ton. »Das bringt viele um ihren Schlaf.«

»Mona hat nachts auch Angst in Omas Haus, und da haben wir gar keinen Fernseher«, petzte Sven.

Sie verbrachten jedes Jahr zwei Wochen in Spanien, um den Kontakt zu Svens dortiger Familie zu halten.

Das alte Haus der verstorbenen Großeltern war noch in

Familienbesitz. Die Geschwister von Svens Vater, der ebenfalls in Berlin lebte, kümmerten sich um die Instandhaltung. Keiner von ihnen konnte sich bislang zu einem Verkauf durchringen. Sven und Mona schliefen während ihres Urlaubes in diesem Haus.

»Da ist es nun aber auch wirklich gruselig«, sagte Mona mit leiser Stimme und sank beschämt auf ihrem Stuhl zusammen.

»Warum?«, wollte Tom wissen. »Was passiert denn da?«

»Na ja«, stammelte Mona. »Svens Großeltern sind doch beide in dem Haus gestorben…«

»Besser als im Krankenhaus«, unterbrach Sven sie schroff.

»Das finde ich ja grundsätzlich auch«, stimmte Mona ihm zu. »Aber im Schlafzimmer geht nachts immer die Tür vom Kleiderschrank von alleine auf«, erzählte sie weiter.

Tom zog skeptisch eine Augenbraue hoch.

»Ja, und dann weckst du mich panisch, obwohl ich dir schon hundertmal erklärt habe, dass das bei dem alten Schrank normal ist, weil er sich nicht abschließen lässt.«

»Das stimmt!«, bestätigte Ellen. »Holz arbeitet. Bei uns knackt es auch öfter mal hier und da. Das sind die Dielen und unsere alten Schränke. Ich sag dann immer zu Tom: Da möchte auch mal jemand etwas sagen. Oder: Da erhebt gerade irgendwer Einspruch.«

Alle lachten, nur Mona nicht. In diesem Moment wurde Ellen klar, dass sie sich ihren Zusatz hätte sparen sollen. Wahrscheinlich würde Mona bei ihnen nun die ganze

Nacht auf Geräusche lauschen und kaum Schlaf finden. Deshalb fügte sie schnell tröstend hinzu:

»Keine Sorge, Mona, du schläfst ja gleich im Zimmer neben uns. Hier gibt es definitiv keine Geister. In dieser Wohnung ist noch niemand gestorben.«

»Jedenfalls nicht, dass wir wüssten«, kommentierte Tom.

»Nur im Haus gegenüber«, platzte Sven lachend heraus. »Aber der sitzt brav in seinem Sessel.«

»Den Fall müssen wir erst noch klären«, prustete Tom los.

»Das kann Mona ja jetzt mal in Angriff nehmen«, setzte Sven dem Ganzen noch die Krönung auf.

Die beiden Männer sahen sich in die Augen und konnten sich kaum beruhigen. Vor lauter Lachen liefen ihnen die Tränen an den Wangen herunter. Mona saß still da und schien nun gänzlich verunsichert.

»Nun reicht es aber!«, sagte Ellen genervt. »Schluss jetzt mit den ganzen Hirngespinsten!«

Sven zuckte leicht mit den Achseln und bemerkte frech: »Macht aber Spaß.«

»Entschuldigung.« Tom versuchte, sich zu beherrschen. »Hin- und wieder tut es einfach gut, herzlich zu lachen. Das ist übrigens auch sehr gesund. Hast du den beiden eigentlich schon von unserem echten Fall hier im Haus erzählt?«

»Ein echter Fall?«, fragte Mona interessiert.

Tom berichtete ausführlich von den ihnen bisher bekannten Fakten, der Befragung durch die Polizei und den Spekulationen von Jochen und Manfred. Mona hörte gespannt zu. Sven hingegen spielte eine Weile gelangweilt mit seinem Handy, bis es schließlich mit einem schrillen Piepton eine Nachricht signalisierte. Abrupt stand er auf, murmelte:

»Ich muss jetzt eh los«, verabschiedete sich rasch von allen mit einem Küsschen und verschwand durch die Wohnungstür.

Ellen fing an den Tisch abzuräumen, und Mona half ihr.

»Mona, du kennst doch deren Humor. Und du weißt auch, dass Sven Sarkasmus liebt. Er meint es doch gar nicht so, wie es klingt«, sagte Ellen, um Mona zu beschwichtigten.

»Ja, ich weiß. Und es ist ja auch komisch, dass jemand eine Puppe in einen Sessel setzt.«

»Mona, auch das war nur mal ein dummer Spruch von Tom, weil wir den Mann noch nie gesehen haben«, stellte Ellen klar.

»Ach so, ich dachte, das stimmt. Es gibt ja Leute, die sich Puppen in Lebensgröße kaufen und sich die überall hinsetzen. Manche ziehen ihren Puppen sogar täglich neue Kleidung an. Es gab mal so einen Bericht im Fernsehen. Da haben diese Leute ganz offiziell und stolz ihre Puppen präsentiert.«

»Stimmt, ich meine, davon auch zumindest einen Ausschnitt gesehen zu haben. Allerdings möchte ich diese Eigenart nicht unserer Nachbarin gegenüber unterstellen. Schließlich sind wir ja nicht ständig auf dem Balkon oder gucken aus dem Fenster. Der Mann wird sich schon ganz normal durch die Wohnung bewegen. Wir kriegen davon bloß nichts mit.«

»Dann ist das wohl eher dieser altmodische Klassiker: Er geht arbeiten und sieht abends fern, und sie seht ihr als Hausfrau rumwuseln.«

»Mag sein. Komm wir setzen uns auf den Balkon. Das Wetter ist zu schön, um hier drinnen zu hocken. Nimm doch ein Buch mit raus. Ich hole meinen Laptop, weil ich noch ein paar Kleinigkeiten erledigen muss.«

Ellen vermutete, dass Tom es sich auf seinem Sessel bequem gemacht hatte und sich ein kleines Nickerchen gönnte. Sie lugte ins Wohnzimmer und fand ihre Annahme bestätigt.

Ellen spannte den Sonnenschirm auf und bat Mona, ihnen noch etwas zu trinken mit auf den Balkon zu nehmen. Es war ein herrlicher Tag und ganz still draußen. Mona flüsterte leise spanische Vokabeln vor sich hin, während Ellen einen Text für die Webseite formulierte. Die beiden saßen schon eine ganze Weile dort, als es klingelte. Tom rief ihnen zu:

»Alles gut, ich mache auf.«

»Vielleicht braucht jemand ein Ei«, vermutete Ellen und lächelte Mona an, die sie fragend anguckte. »Na ja, heute ist doch Sonntag und vielleicht möchte jemand einen Kuchen backen. Ist mir auch schon passiert, dass mir ein Ei oder Backpulver gefehlt hat.«

»Ach so, ja kann sein. Aber ich würde dann nicht woanders fragen gehen«, erwiderte Mona.

»Warum denn nicht?«

»Weiß nicht, wäre mir unangenehm.«

Zehn Minuten später erfuhren sie, dass niemandem ein Ei oder Backpulver fehlte. Es war Adrian Balzer, der Artist aus dem dritten Stock, gewesen. Er hatte Tom gebeten, in der kommenden Woche für ihn nach Post zu schauen. Seine Schwester konnte ausnahmsweise nicht, weil sie selbst außerhalb Berlins zu tun hatte.

»Interessant, was so mancher mitbekommt, obwohl er fast nie da ist«, grinste Tom Ellen an.

»Wieso?«

»Weil er mir erzählt hat, dass er von der Polizei aufgefordert wurde, sich bei denen zwecks Befragung zu dem Einbruch unter uns zu melden. Und er hatte, im Gegensatz zu uns, etwas wahrgenommen.«

»Mensch Tom, nun mach es nicht so spannend. Kann doch eh nichts Aufregendes sein.«

»Nee, ist es ja auch nicht. Aber doch sehr interessant...«

Er hielt einen Moment inne, wohl wissend, dass Ellen diese Erzählart reizte.

»Tom, ich habe jetzt keinen Nerv für deine Spielerei. Der hat dir gar nichts erzählt. Woher sollte er auch etwas wissen?«, bemerkte Ellen leicht verärgert.

Mona wartete geduldig auf die Auflösung.

»Ach Mensch, Ellen, Du verstehst heute aber auch gar keinen Spaß«, stellte Tom enttäuscht fest und erklärte dann trocken: »Also gut, Herr Balzer meinte, der wortkarge Schulz sei mit „der grauen Erscheinung mit Hund" befreundet. Zumindest hat er die beiden einige Male zusammen in 'ner Kneipe sitzen sehen. Das war's, mehr hatte er auch nicht zu erzählen. Ich geh wieder rein. Es ist mir zu heiß hier draußen. Wollt ihr noch etwas trinken?«

»Hmm…«, gab Ellen nachdenklich von sich.

Sie fand diese Beobachtung ganz und gar nicht uninteressant.

»Nein danke, ich hab noch genug Wasser hier.«

»Och ja, ich würde noch gerne eine Cola trinken«, freute sich Mona, nicht selbst aufstehen zu müssen.

Montag

Ellen war extra früh aufgestanden, um Mona Gesellschaft zu leisten. Das Frühstück hatte Tom gemacht und war dann joggen gegangen. Mona musste in einer Dreiviertelstunde los.

»Ich hasse Montage«, stöhnte sie am Frühstückstisch und sah noch ganz verschlafen aus. »Da bin ich immer so gerädert.«

»So geht ´s den meisten Menschen. Eigentlich sollte man montags deutlich ausgeruhter sein als an den restlichen Wochentagen. Das sind aber die wenigsten. Wahrscheinlich liegt es daran, dass viele sonntagabends nicht rechtzeitig die Kurve kriegen«, mutmaßte Ellen.

»Bestimmt.« Mona saß wie ein Schluck Wasser auf dem Stuhl.

»Du warst doch aber gestern Abend schon um kurz nach zehn verschwunden. Konntest du nicht einschlafen?«, fragte Ellen.

»Doch, und ich war auch richtig müde. Wahrscheinlich von der Zeit an der frischen Luft mit dir auf dem Balkon. Sonst bin ich selten so lange draußen.«

»Und trotzdem bist du noch müde?«

»Ich bin zwischendurch aufgewacht und konnte dann nicht gleich wieder einschlafen.«

»Wieso? Hast du schlecht geträumt?«

»Zuerst nicht, dann ja. In der Wohnung unter euch ist irgendetwas umgefallen. Davon bin ich wach geworden. Ich glaube, euer Nachbar ist wieder da. Jedenfalls hat da unten noch mehrmals etwas geklappert. Irgendwann war es still, und ich bin wieder eingeschlafen. Hab dann aber doof geträumt.«

»Ich habe überhaupt nichts gehört. Bist du sicher, dass es in der Wohnung war und nicht auf der Terrasse?«

»Bin ich.«

»Na dann ist der Schulz wieder zurück und hat vielleicht aufgeräumt. Hoffentlich wusste er, wie seine Wohnung aussieht. Stell dir mal vor, du kommst abends oder nachts heim und findest deine Wohnung verwüstet vor.«

»Ich würde ´ne Krise kriegen. Wahrscheinlich vor Schreck das ganze Haus zusammenschreien.«

Mona hielt eine Hand gegen ihre Stirn und verdrehte die Augen, um ihre soeben angenommene Verzweiflung zu verdeutlichen. Dieses Bild, das Mona in einem solchen Moment abgeben würde, konnte sich Ellen lebhaft vorstellen und kicherte. Dann fragte sie:

»War Tom noch da, als du aufgestanden bist?«

»Nicht wirklich. Er zog gerade die Wohnungstür zu, als ich aus dem Bad kam. Total lieb von ihm, dass er uns Frühstück gemacht hat. Bei uns muss ich das immer machen. Sven steht jeden Morgen auf den letzten Drücker auf, springt sofort unter die Dusche und fragt dann nach Kaffee und Brötchen.«

»Ja, ja… das ist nicht okay«, wusste Ellen.

Aber sie wusste auch, dass sie ihre Kinder stets

verwöhnt hatte, was Tom ihr gelegentlich unter die Nase rieb.

»Also, ich finde, wenn man aufsteht und der Frühstückstisch ist bereits gedeckt, dann geht man viel beschwingter zur Arbeit«, strahlte Mona.

»Diesen Eindruck erweckst du jetzt gerade nicht, aber vielleicht passiert ja noch ein Wunder«, schmunzelte Ellen.

Zwei Minuten später schloss Tom die Wohnungstür auf.

»Guten Morgen ihr zwei Murmeltiere. Wir bekommen in circa einer Viertelstunde Besuch.«

Er kam völlig verschwitzt ins Wohnzimmer, wo der große Esstisch für die Familie stand.

»Guten Morgen, von wem denn?«, fragte Ellen erstaunt.

»Guten Morgen und vielen Dank fürs Frühstück. Das fand ich total lieb von dir«, warf Mona ein und machte sich auf in Richtung Badezimmer.

Sie wollte sich nur noch schnell die Zähne putzen und dann zur Arbeit fahren.

»Von der Polizei«, erwiderte Tom gelassen. »Und, Mona, du wirst heute leider auch zu spät zur Arbeit kommen. Die wollen alle Leute im Haus zur gestrigen Nacht befragen.«

»Wieso das denn?« fragten Ellen und Mona, wie aus einem Mund und starrten Tom verblüfft an.

»Weil erneut unten eingebrochen wurde, und zwar in der letzten Nacht. Mehr weiß ich auch nicht. Das hat mir ein Polizist im Treppenhaus gesagt und darum gebeten, dass wir vorerst das Haus nicht verlassen.«

»Das ist ja ärgerlich!«, äußerte Mona. »Ich ruf schnell mal im Büro an und sag Bescheid.«

Dann verschwand sie im Arbeitszimmer, das gleichzeitig als Gästezimmer diente.

»Eigentlich wollte ich dich noch fragen, ob du auch etwas gehört hast«, sagte Ellen leicht verwirrt zu Tom.

»Was gehört?«

»Mona hat mir vorhin erzählt, dass sie von einem Poltern in der Nacht geweckt wurde. Danach hat sie irgendwas unter uns klappern hören. Ich habe überhaupt nichts mitbekommen. Du?«

»Nee, jedenfalls nicht bewusst. Ich bin, wie üblich, gen Morgen aufgewacht und aufs Klo gegangen. Danach hab ich noch locker ´ne Stunde geschlafen, bevor mich mein Gewissen aus dem Bett getrieben hat. Ich wollte heute unbedingt laufen. Ich kenne mich, nach der Arbeit habe ich bei der Hitze auch keine Lust mehr. Vorher habe ich ja noch schnell die Brötchen geholt. Mir ist unten nichts aufgefallen, sah aus wie vorher. Obwohl… wenn ich ehrlich bin, habe ich gar nicht hingeschaut. Das hatte ich heute früh überhaupt nicht mehr auf dem Schirm«, schilderte Tom mit gekräuselter Stirn und schüttelte abschließend den Kopf.

»Ich hätte wahrscheinlich auch nicht dran gedacht«, gab Ellen zu. »Bin ja auch oft so in meinen Gedanken versunken.«

»Die Woche fängt ja echt gut an. Jetzt ist auch noch ´ne Kollegin krank geworden«, äußerte Mona besorgt.

»Ja Mona, manchmal läuft halt alles anders als geplant.

Das kann man sich nicht immer aussuchen. Glaub mir, alles wird sich normalisieren. Ich geh jetzt erstmal duschen«, beruhigte Tom sie und verschwand.

Zehn Minuten später klingelte es. Ellen öffnete die Tür und bat die Polizisten ins Wohnzimmer. Sie waren zu zweit und machten einen erfahrenen Eindruck. Nach einer knappen sachlichen Schilderung der bisher ermittelten Fakten richteten sie Ihre Fragen zuerst an Ellen. Sie schilderte kurz den Verlauf des vergangenen Abends und beteuerte, dass sie nichts gehört oder gesehen hatte. Mona saß die ganze Zeit über wie versteinert auf ihrem Stuhl. Gerade als Ellen ihren letzten Satz sagte, kam Tom wie auf Bestellung aus der Dusche. Er bestätigte Ellens Darstellung und ergänzte diese noch um die Zeit am Morgen, als Ellen und Mona noch schliefen. Mona beantwortete die Fragen, die ihr gestellt wurden, sehr konzentriert. Sie berichte jedes Detail, das sie gehört hatte. Als letztes erwähnte sie, dass sie glaubte, einen Hund jaulen gehört zu haben. Das machte Ellen stutzig. Als die Polizisten sich verabschiedet hatten, platzte Mona heraus:

»Das war ja vielleicht unangenehm.«

»War dir deutlich anzumerken«, bemerkte Tom. »Aber warum?«

»Weiß ich nicht. Ich mochte die Atmosphäre einfach nicht. Ich finde, das hat sich angefühlt, als hätten wir irgendwas verbrochen.«

Tom lachte.

Mona zog sich hastig ihre Schuhe an, sagte:

»Tschüss dann, bis heute Abend« und flitzte aus der Tür.

Ellen setzte sich aufs Sofa und überlegte.

»Was ist los?«, wunderte sich Tom.

»Sag mal, findest du es nicht auch komisch, dass die Polizei nicht mehr weiß als wir?«

»Nein, deshalb befragen sie doch alle. Sie nehmen vorerst alles auf und machen sich anschließend ihren Reim daraus.«

»Kann ich mir nicht vorstellen. Glaube ich einfach nicht.«

»Ich schon. Und weißt du, was ich mittlerweile noch glaube? Nämlich, dass Manfred mit seiner Theorie gar nicht so falsch lag. Ich halte sie mittlerweile für durchaus plausibel.«

»Wie kommst du denn darauf?«, wunderte sich Ellen.

»Weil offensichtlich jemand bereit ist, ein extrem hohes Risiko einzugehen. Also muss es sich lohnen.«

»Was genau meinst du?«

»Das jemand wusste, wonach er sucht. Wer sonst ist so blöd und bricht innerhalb von drei Tagen zweimal in die gleiche Wohnung ein.« Tom klopfte sich mit dem rechten Zeigefinger gegen die Stirn. »Schließlich hatte die Polizei die Wohnungstür offiziell versiegelt, und alle im Haus waren informiert.«

»Aber Tom, erstens besteht diese Versiegelung bloß aus einem Klebestreifen und zweitens weiß keiner genau, ob der erste Einbruch wirklich erst Donnerstagnacht stattfand. Das kann doch auch schon früher gewesen sein.

Es hat ja offenbar keiner was mitgekriegt«, belehrte Ellen ihn.

»Wir beide wissen es nicht. Die Polizei vielleicht schon. Trotzdem kann es sich, wenn überhaupt, nur um eine Differenz von ein oder zwei Tagen handeln. Da bin ich mir sicher. Die Polizei sagte doch, dass der Einbrecher die Tür nur angelehnt hat.«

»Na und? Den Unterschied siehst du bei uns auch nur, wenn du direkt davorstehst und rein willst.«

»Okay Schatz, ist auch Wurst. Die Polizei macht das schon, und von irgendeinem werden wir das Ergebnis sicher erfahren. Ich muss jetzt ins Büro. Es ist schon nach elf.«

Ellen blickte auf die Uhr und sprang vom Sofa auf.

»Auweia, schon wieder fast Mittag. Jetzt muss ich mich auch sputen. Ich habe heute noch ´ne Menge vor. Du kommst sicher spät, oder«, wollte Ellen bestätigt wissen.

»Denke schon, ich hab im Moment viel auf dem Tisch und am Nachmittag zwei interne Besprechungen.«

»Na dann, viel Erfolg und wenig Stress«, sagte Ellen mit einem Augenzwinkern und begleitete Tom zur Tür.

»Und du grüble jetzt nicht mehr, okay!?«, fügte er noch hinzu.

»Mach ich bestimmt nicht«, versicherte Ellen ihm und dachte: *Ich unterhalte mich nachher nur ein wenig mit Tina.*

Mittags war in der Bäckerei meist wenig los. Die Stoß-zeiten waren morgens von sieben bis neun, nachmittags zur Kaffeezeit und abends von sechs bis sieben.

Tina hatte in der Regel Frühdienst. Sie war ein burschikoser Typ und trug ihr Herz auf der Zunge. Genau deshalb mochte Ellen sie. Tina hatte immer etwas zu erzählen und tat dies mit einer Lebendigkeit, die Ellen faszinierte. Tina besaß die Gabe, belanglose Themen als Highlight darzustellen, wie beispielsweise ihren neunten Versuch, fünf Kilo abzunehmen oder ihre gescheiterten Rendezvous. Sie war sechsundvierzig, groß, füllig und rothaarig. Ellen ließ sie oft wissen:

»Du ist nicht zu dick. Du hast eine sehr weibliche Figur, die gut zu dir passt« und meinte es ehrlich. »Und zudem hast du wunderschöne grüne Augen.«

Tina konnte Komplimente gut gebrauchen, da sie eine schwierige Ehe mit einem Choleriker hinter sich hatte und nun auf der Suche nach einem ruhigen und liebevollen Partner war.

»Hallo Tina, wie geht´s?«

»Hallo Ellen, schön dich zu sehen«, freute sich Tina. »Hast du es eilig, oder magst du dich für einen Moment mit mir raussetzen?«

Vor der Bäckerei standen zwei kleine Tische mit Stühlen unter einem Sonnenschirm.

»Nee, heute habe ich ein bisschen Zeit mitgebracht«, lächelte Ellen sie an.

»Diese Hitze bringt mich noch um«, jammerte Tina, schenkte zwei Kaffee ein und nahm sie mit vor die Tür.

»Ja, mir ist es auch zu heiß«, pflichtete Ellen ihr bei.

»Bei mir daheim im Souterrain lässt es sich aushalten, aber hier in der Bäckerei hilft mir nicht mal der

Ventilator.« Tina lehnte sich zurück, zündete sich genussvoll eine Zigarette an, kniff die Augen zusammen und fragte: »Sag mal, was ist denn jetzt mit dem Frank?«

»Du meinst Frank Schulz unter uns?«

»Ja klar«, erwiderte Tina. »Jochen meinte…«

»Ich weiß, was Jochen darüber denkt«, unterbrach Ellen sie. »Hat er mir auch erzählt. Ich habe keine Ahnung, was da passiert ist. Du weißt doch, dass wir wenig Kontakt zu unseren Nachbarn haben. Die Polizei hat alle Bewohner im Haus befragt…«

»Nicht nur in eurem Haus. Die waren in allen vier Häusern zugange. Und nach dem zweiten Mal, wollten sie auch von mir wissen, ob ich ihnen was über den Vorfall oder zu Frank sagen kann.« Tina zog kräftig an ihrer Zigarette.

»Und?«, bohrte Ellen nach, obwohl sie wusste, dass Tina ohnehin gleich weitererzählen würde.

»Nee, ich war doch nachts nicht hier und alles Weitere soll die Polizei mal schön selbst herausfinden«, grinste sie hämisch.

Tina hatte Ellen gegenüber mal erwähnt, dass sie sich von der Polizei im Stich gelassen gefühlt hatte, als ihr damaliger Mann auf sie losgegangen war. Tina hatte darum gebeten, ihn mitzunehmen, was aber nicht geschehen war. Die Begründung, dass sie ihn nicht aus seiner eigenen Wohnung hatten verweisen können, ließ sie einfach nicht gelten.

»Was weißt du denn über Frank Schulz?«

Ellen war sicher, dass sie etwas von ihr erfahren würde.

69

Tina quatschte viel, konnte aber auch etwas für sich behalten, wenn man sie darum bat. Manch Anvertrautes belastete sie allerdings, und dann verriet sie es bei Gelegenheit Ellen, um sich zu erleichtern.

»Na ja, bisher war es ja völlig unwichtig, aber jetzt…«, murmelte sie und zündete sich rasch noch eine Zigarette an. »Weißt du, wenn mich mein Bruder aus Hamburg besucht, gehen wir abends in so 'ne Gay-Bar in Mitte. Ich hab damit kein Problem, mach 's halt ihm zuliebe und die Atmosphäre dort gefällt mir gut«, holte sie aus. Ellen platzte vor Neugier.

»Na ja, jedenfalls habe ich da mal Frank und Martin zusammen gesehen.«

»Wer bitte ist Martin?«, fragte Ellen erstaunt.

»Martin Gast«, klärte Tina sie auf.

»Krass.« Ellen war völlig überrascht. »Die haben doch erst im letzten Jahr geheiratet. Ist Martin der jüngere ohne Brille oder der ältere mit?«

»Martin ist der ohne Brille«, lachte Tina.

Sie wusste um Ellens schlechtes Namensgedächtnis. Die beiden Männer hatten alle Nachbarn kurz nach ihrer Hochzeit zu einem kleinen Umtrunk eingeladen. Tom musste arbeiten, aber Ellen war mit Tina auf ein Glas Sekt dort gewesen.

»Warum lachst du?«, wollte Ellen wissen.

»Du hast immer so nette Beschreibungen.«

»Ach so«, nickte Ellen verständig und verschränkte ihre Arme vor der Brust. »Wie nimmst du sie denn wahr?« Erwartungsvoll lehnte sie sich auf ihrem Stuhl zurück, zog eine Augenbraue nach oben und guckte Tina in die Augen. Tina blies ihren Qualm in die Luft und sah ihm nach.

»Schwierig…«, schnalzte sie und nahm noch einen Zug von Ihrer Zigarette. »Auf keinen Fall so standardisiert, wie du. Hat vielleicht mit meinem Bruder und dieser Gay-Bar zu tun.«

Sie klopfte die Asche ab, drehte das glimmende Ende ihrer Zigarette im Aschenbecher umher und überlegte angestrengt.

»Hmm…, in deiner Kürze würde ich sie eher der Jungenhafte und der Charmeur nennen. Ja genau«, bestätigte sie sich selbst die Richtigkeit ihrer Auswahl und betonte ihre Zufriedenheit durch mehrmaliges Kopfnicken. »Mir fällt Martin als ein sehr jungenhafter blonder Typ Mitte dreißig auf, der mal ganz gerne einen über ´n Durst trinkt. Und Hans nehme ich als einen dunkelhaarigen Charmeur in den besten Jahren wahr, der mir allerdings ein bisschen zu viel Gewese um seinen Diabetes macht.«

»In den besten Jahren oder in der Midlife-Crisis?«, wollte Ellen genauer definiert wissen und beide mussten lachen.

»Tina, jetzt mal im Ernst… Glaubst du, da läuft was zwischen Frank und Martin? Oder kann das nicht auch ein rein zufälliges Treffen gewesen sein?«

»Weiß nicht, aber dafür wirkten die zu vertraut, fand ich.«

»Oha«, bemerkte Ellen mitleidig und kaute nachdenklich

auf ihrer Unterlippe herum.

»Ach, na ja, muss doch jeder selbst wissen«, sagte Tina und zuckte mit den Achseln. »Ich wollte nur nicht, dass Martin Ärger bekommt. Deshalb habe ich der Polizei ihre Frage nach mir bekannten Kontakten verneint.«

Du hättest der Polizei so oder so nichts gesagt, dachte Ellen und konnte Tina irgendwie verstehen.

»Übrigens, was ich dich schon ewig mal fragen wollte…«, fiel Ellen ein, »…kennst du eigentlich den Mann von meiner Nachbarin mit den Saisonblumen? Du weißt schon, unsere Balkone liegen direkt gegenüber?«

Tina kannte alle Leute in der Gegend. Die meisten Namen waren ihr geläufig und mit einigen duzte sie sich sogar.

»Du meinst sicher Frau Bartel.« Tina erhob sich, weil eine Kundin kam. »Nee, die ist nicht liiert. Du, ich muss wieder rein. War schön, mit dir zu reden.«

Ellen war sprachlos. Sie versuchte, ein entspanntes Lächeln aufzusetzen und erwiderte ein wenig gekünstelt: »War nett, wie immer. Tschüss Tina, wir sehen uns.«

Eigenartig. Wer guckt denn dann Fußball? Oder sitzt da wirklich eine Puppe auf dem Sofa?

Ellen verspürte große Lust, dieses Rätsel zu lösen.

Mona rief aus dem Büro an, um Ellen mitzuteilen, dass sie sich spontan für den Abend mit einer Freundin verabredet hatte. Voraussichtlich würde sie erst gegen zehn Uhr kommen.

»Alles klar. Lieb von dir, dass du mir Bescheid gegeben

hast«, bedankte sich Ellen bei Mona.

Sie wünschte ihr viel Spaß und freute sich, den Abend für sich allein zu haben.

Endlich kann ich mal wieder ungestört ein großes Blatt auslegen. Tom kommt sicher auch nicht vor halb neun.

Nachdem sie eine Kleinigkeit gegessen hatte, nahm sie ihre Skatkarten und setzte sich an den großen Esstisch. Es dauerte eine Weile, bis sie innerlich zur Ruhe kam. Zuerst ließ sie die vergangenen vier Tage Revue passieren. Dabei versuchte sie, alles mit Abstand zu betrachten. Es fiel ihr schwer, sich ausschließlich auf die Ereignisse und die dadurch gewonnenen Erkenntnisse zu konzentrieren. Immer wieder drifteten Ihre Gedanken ab, beeinflusst von Jochens und Manfreds Gerede. Sie zwang sich zur Neutralität. Schließlich sollte ihr Kartenbild die tatsächlichen Geschehnisse in der Nachbarschaft darstellen und Hinweise zum weiteren Verlauf liefern. Das hoffte sie jedenfalls, während sie sorgfältig die Karten mischte und vor sich hinmurmelte:

Was wird verheimlicht? Wo steckt Frank Schulz?

Sie legte die zweiunddreißig Karten in vier Reihen aus, von links oben nach rechts unten.

Hmm... Pik Bube, Herz acht, Pik König, Karo zehn, Herz Bube... Dunkler Mann, Liebe, Gesetz, Geld, Popularität...

Ellen nagte an ihrer Unterlippe und betrachtete angestrengt alle zweiunddreißig Karten und ihre dazugehörigen Häuser.

Kreuz As, Pik acht, Karo acht, Herz As... Geschenke, Ärger,

Erbe, Wohnung… Okay, der Reihe nach zu den Häusern…

Unermüdlich versuchte sie, beteiligte Personen, bereits Geschehenes und noch Bevorstehendes erkennen zu können.

Aber wieso sollte die Polizei nochmal kommen? Da bricht doch keiner ein drittes Mal ein. Wieso Geschenke?

Wieder und wieder bemühte sich Ellen, die Puzzleteile zusammenzufügen, doch irgendetwas schien sie zu übersehen.

Die Karten wirkten eher verwirrend als hilfestellend. Sie lagen vor ihr, wie ein schwieriger Text, den sie mehrmals lesen musste, bevor sie ihn verstand. Zudem fühlte sie sich gehetzt, weil Tom sicher bald heimkommen würde. Sie wollte ihn nicht einweihen, jedenfalls jetzt noch nicht. Vorerst musste alles, was sie erfahren hatte und vermutete, ihr Geheimnis bleiben.

Ich komme schon noch dahinter. Für heute reicht's mir.

Sie schob frustriert ihre Karten zusammen und schaltete zur Ablenkung den Fernseher ein. Weder Tom noch Mona sollten ihr anmerken, dass sie etwas beschäftigte.

Dienstag

Tom rief aus dem Büro an, um Ellen zu fragen, ob sie ihn in der übernächsten Woche zu einem Jubiläum begleiten würde. Ellen hatte zwar keine Lust, sagte ihm zuliebe aber zu.

»Was hältst du davon, wenn wir heute Abend mit den Kindern zu Dimitri gehen?«, schlug Tom ihr vor. »Der Junge hat nach der langen Fahrt bestimmt Hunger. Und dann kann er uns in Ruhe ein bisschen was erzählen, ohne dass du in der Küche rumwuselst.«

»Och ja, das ist eine gute Idee«, befand Ellen. »Ich frag mal Mona, was sie davon hält. Bis nachher dann.«

Mona hatte bereits ihre Sachen zusammengepackt und saß, auf Sven wartend, mit einem Buch auf dem Balkon.

»Die Stöhnerei da drüben nervt ja wirklich!«, sagte Mona, als sie Ellen kommen sah. »Und dass die dabei immer die Tür auflassen…« Mona machte ein betont unverständiges Gesicht.

»Tja…«, sagte Ellen und zuckte mit den Achseln. »Tom schlägt vor, später noch zusammen zum Griechen zu gehen. Was meinst du? Ist doch ein schöner Abschluss, oder?«

»Gerne«, strahlte Mona.

Sie schätzten, dass Sven gegen sechs wieder in Berlin sein müsste. Tom wollte bis dahin auch zu Hause sein.

»Prima, dann reserviere ich uns einen Tisch für sieben Uhr.«

Um kurz nach sechs meldete sich Sven bei Mona. Die Jungs wollten noch gemeinsam in eine Pizzeria gehen und würden in einer Viertelstunde da sein, um Mona abzuholen.

»Schönen Gruß von Sven. Er fand München toll und erzählt euch alles am Sonntag. Ich soll unten warten, damit wir gleich weiterfahren können«, sagte sie mit schlechtem Gewissen. »Tut mir leid, aber…«

»Alles gut.« Ellen war ein wenig enttäuscht, versuchte jedoch, es zu verbergen. »Ich wünsche euch einen schönen Abend. Gib Sven einen Kuss von mir.«

Dimitri stand auf seiner Terrasse und begrüßte Ellen und Tom mit ausgestreckten Armen:

»Hallo meine Freunde, schön euch zu sehen. Wie geht´s euch?«

»Gut, Dimitri, Danke und selbst«, antwortete Tom fröhlich.

»Fantastisch. Das Wetter ist schön, meine Gäste sind nett und bald machen wir Urlaub.«

Dimitri und seine Frau Elena betrieben ihre kleine traditionell eingerichtete Taverne seit acht Jahren. Sie lag am Ende der Straße und hatte eine ausgesprochen gemütliche Terrasse, die im Sommer sehr begehrt war. In den Schulferien gönnten die beiden sich eine dreiwöchige Auszeit, um mit ihren drei Kindern ihre Familie in Griechenland zu besuchen.

»Familie ist so wichtig, wie die Luft zum Atmen«, pflegte Dimitri strahlend seinen deutschen Gästen zu vermitteln.

Er war klein, stämmig, etwa Anfang vierzig und besaß eine überschwängliche Art, ohne jedoch aufdringlich zu sein.

Die Taverne gewann ihre Stammgäste durch ihre harmonische Atmosphäre und Elenas hervorragende Kochkünste. Elena war ebenfalls klein, rundlich, ungefähr Ende dreißig und liebenswert.

»Wo sind die Kinder«, fragte Dimitri und machte einen langen Hals, um sie entdecken zu können.

»Die beiden haben es sich anders überlegt, machen nun doch lieber etwas mit Freuden zusammen«, erklärte Ellen ihm kurz.

»Auch gut. Dann machen wir es jetzt erstmal ein bisschen romantisch für euch«, erwiderte Dimitri lächelnd und zwinkerte dabei Tom zu. »Und später können wir uns vielleicht noch etwas unterhalten. Okay, meine Lieben?«

»Wunderbar, genauso machen wir das«, bestätigte Tom ihm.

Elena zauberte eine köstliche Vorspeise für die beiden. Sie wusste, dass Ellen Auberginen liebte, und Tom eine Schwäche für Meeresfrüchte besaß. Gerne ließen sich die beiden verwöhnen, während sie über Belangloses plauschten.

In einer ruhigen Minute huschte Elena kurz vorbei.

»Hallo ihr zwei. Danke, dass ihr gekommen seid. Ich

freue mich immer und hoffe, ihr wart zufrieden.«

»Die Vorspeise war hervorragend. Dankeschön, Elena«, entgegnete Ellen anerkennend.

Tom nickte zustimmend.

»Auch die Hauptspeise und der Nachtisch ließen keine Wünsche offen, liebe Elena«, ergänzte er das Lob.

Eine Minute später war Elena wieder in ihrem Element. Dimitri zündete Kerzen in kleinen Gläsern an und verteilte diese auf den Tischen. Es waren immer noch viele Gäste da. Ellen warf einen Blick auf ihre Armbanduhr.

»Kurz nach halb zehn«, bemerkte sie erstaunt. »Hätte ich jetzt nicht gedacht. Die Zeit verging ja wie im Fluge.«

»Nehmen wir zum Abschluss noch einen Mokka«, fragte Tom obligatorisch und gab Dimitri ein Zeichen.

»Ich bin gleich bei euch«, rief Dimitri, kassierte an einigen Tischen ab und kam dann mit drei Mokkas zu ihnen.

»So, jetzt habe ich ein bisschen Zeit. Die anderen Gäste haben noch genügend Wein auf ihren Tischen«, spaßte er und sah etwas erschöpft aus. »Was gibt es Neues bei euch?«

»Eigentlich nichts Besonderes«, erwiderte Tom. »Ich habe im Moment ein paar nervende Projekte, aber bei Ellen läuft´s zurzeit ganz gut.«

»Na ja…«, seufzte Ellen. »Gut ist übertrieben.«

»Selbstständig sein ist schwierig heute«, munterte Dimitri sie auf. »Gerade hier in Berlin.«

»Der Meinung bin ich auch«, bestätigte Tom. »Und

Ellen macht ihren Job wirklich gut.«

»Na klar. Wir sind mit unserer Webseite absolut zufrieden. Und ich habe schon einigen deine Visitenkarte gegeben.«

»Ich weiß. Das ist lieb von dir«, sagte Ellen beschämt.

»Aber sagt mal, was ist in eurem Haus los? Ich hab gehört, die Polizei war da, und ein Mieter ist verschwunden.«

»Ja, Frank Schulz aus der Wohnung unter uns. Bei ihm wurde zweimal eingebrochen. Mehr wissen wir auch nicht«, entgegnete Tom gleichgültig.

»Vielleicht war er mal hier essen, weiß nicht genau. Aus eurem Haus sind nur wenige Stammgäste bei mir.«

Ellen wurde hellhörig und fragte neugierig:

»Gehören Hans und Martin Gast dazu?«

Tom starrte sie verdutzt an und Dimitri antwortete:

»Ja, die beiden schon lange. Eigentlich kommen sie jeden Dienstagabend um acht. Aber in den letzten drei Wochen war Hans alleine hier, weil Martin über längere Zeit irgendwelche Aufträge in Darmstadt abwickeln muss. Ich glaube, die Pause tut denen mal ganz gut. Die beiden haben in letzter Zeit viel gestritten.«

»Ja, eine Auszeit wirkt manchmal Wunder«, bekräftigte Ellen seine Meinung und dachte: *Dann wird Martin wahrscheinlich von nichts wissen. Aber wenn die beiden nun tatsächlich ein Verhältnis haben, hatten sie sicher auch Kontakt. Vielleicht ist Martin ja zurückgekommen?*

Tom war müde und verstand nicht, warum Ellen sich für die beiden Männer interessierte.

»Ihr habt sicher recht, aber im Grunde geht uns das gar nichts an. Hauptsache, unser Haussegen hängt nicht schief«, spaßte Tom und stand auf. »Komm Schatz, wir gehen heim.«

»Richtig Tom, mir reicht´s schon, wenn meine Kinder sich streiten«, scherzte Dimitri. »Schön, dass ihr hier wart. Grüßt die Kinder. Tschüss dann, bis zum nächsten Mal.«

Ellen konnte nicht einschlafen. Ihre Gedanken kreisten wie Geier um die Brocken, die ihr zugeworfen worden waren.

Franks Verschwinden ist suspekt. Warum wurde eigentlich bei ihm eingebrochen? Es kann doch nicht sein, dass niemand etwas Konkretes weiß und es nur Vermutungen gibt! Ich brauche einen roten Faden. Okay, was sind die Fakten, was ist bislang reine Spekulation? Ich muss streng sortieren.

Ein erster Einbruch Donnerstagnacht, vielleicht auch früher, aber eher unwahrscheinlich. Seither wird Frank vermisst.

Welche Rolle spielt dabei eigentlich seine Schwester, außer dass sie dachte, ihm sei möglicherweise was passiert? Das lässt sich schwer rausfinden, wahrscheinlich gar nicht. Ich kenne sie ja nicht. Das muss die Polizei klären.

Jochen tippte auf Drogengeschäfte, sagte zur mir: „Wirst schon sehen." Weiß er etwas, oder will er sich nur wichtigmachen? Beides wäre ihm zuzutrauen.

Der zweite Einbruch hat definitiv Sonntagnacht stattgefunden. Wer traut sich ein zweites Mal dorthin? Was ist so wertvoll, dass jemand ein solches Risiko auf sich nimmt? Kann Manfred recht haben, dass Frank an dem Überfall auf den Juwelier beteiligt war? Warum eigentlich nicht? Es heißt doch: stille Wasser sind tief.

Adrian Balzer hat erzählt, dass Frank und „die graue Erscheinung mit Hund" befreundet sind. Warum auch nicht? Auf mich wirkt der halt nur etwas lichtscheu. Ich könnte mir ja auch mal angewöhnen, ihn einfach „den Nachbarn mit Hund zu nennen". Ob der etwas weiß? Vielleicht spreche ich ihn mal auf seinen Hund an und frag so von hintenrum. Ja, das mach ich einfach. Die Polizei wird ihn schon befragt haben, aber die dürfen nichts erzählen.

Okay, bleibt noch eine Frage offen: Haben oder hatten Frank und Martin wirklich ein Verhältnis? Tina hat sie zusammen in der Gay-Bar gesehen, aber ist das ein Beweis dafür? Eigentlich kann ich mir das nicht vorstellen. So blöd kann Martin doch nicht sein, ausgerechnet im gleichen Haus.

Und die haben doch erst im letzten Jahr geheiratet. Na gut, passiert anderen auch. Trotzdem, ich glaube das irgendwie nicht. Auch wenn sie gestritten haben. Wer weiß worüber, gibt tausend Gründe. Außerdem ist Martin finanziell abhängig von Hans. Ach deshalb: dunkler Mann, Liebe, Geld. Gut, dafür brauchte ich aber keine Karten, das wusste ich von Kemal.

Immerhin wickelt Martin Aufträge für Hans ab, das heißt er arbeitet mit. Vielleicht wird er irgendwann Teilhaber, wer weiß. Ich kann mich ja mal wieder mit ihm unterhalten, wenn ich ihn treffe. Ist ja eher selten. Das letzte Mal sah er irgendwie krank aus. Vielleicht ist ihm die Verantwortung für Hans Geschäfte zu groß. Mein Gott, ist das verzwickt! Ich werde das Gefühl nicht los, dass mir nur noch ein kleines Puzzleteilchen fehlt. Ich will es

finden. Schade, dass Tom sich nicht dafür interessiert, sonst könn-
ten wir zusammen grübeln. Unser kleiner Kiez und seine Ge-
heimnisse. Ich komme schon noch dahinter. Und „Madame Kor-
rekt"... Tja, ich bin einfach davon ausgegangen, dass sie liiert ist.
Passte gut ins Bild. In mein Bild! Ich mag nicht, wenn man Men-
schen in Schubladen steckt. Aber im Grunde tue ich es auch.
Nee, von der habe ich mich verleiten lassen. Alles nach Schema F,
absolut korrekt nach außen. Ja, nach außen! Was könnte sie
verbergen wollen? Manche bauen sich eine Scheinwelt auf.
Manchmal steckt etwas ganz Simples dahinter. Könnte sie nicht
auch einen kranken Bruder haben, um den sie sich kümmert?
Morgen werde ich Tina fragen. Vielleicht hat sie ´ne Ahnung, wer
da auf dem Sofa sitzt. Möglicherweise kenne ich den sogar...

Mittwoch

Ellen schaute kritisch in den Spiegel. Was sie sah, gefiel ihr nicht sonderlich. Dabei kam ihr in den Sinn, dass sie einen Friseurtermin vereinbart hatte, nur nicht für wann. Rasch blätterte sie suchend in ihrem Kalender und freute sich über ihre Eingebung. Es war erst zehn Uhr. Somit hatte sie noch eine halbe Stunde Zeit bis zu ihrem Termin. Ihr Friseur befand sich ein paar Querstraßen weiter, sodass sie entspannt dorthin schlendern konnte. Ihr Weg führte an Kemals Schneiderei vorbei. Er hatte gerade keine Kundschaft und kam kurz vor die Tür. Sein Interesse galt den beiden Einbrüchen, über die Ellen ihm aber nichts Neues berichten konnte. Jochen hatte ihm bereits seine Version geschildert, so dass auch er überzeugt behauptete:

»Tja, da wird die Polizei diesen Schulz lange suchen müssen, wenn der sich mit der Kohle abgesetzt hat. Der wird sich gut versteckt haben. Im Drogengeschäft herrschen raue Sitten.«

»Wenn dem so ist, hast du sicherlich recht, Kemal«, bemerkte Ellen irritiert und dachte: *Warum musste Jochen nun auch Kemal infizieren? Es kann doch immer noch eine normale Erklärung für Franks Verschwinden geben.*

Im Radio war am Morgen bekanntgegeben worden, dass die Polizei den zweiten Raubtäter des Überfalls auf das

Juweliergeschäft gestellt hatte. Sie hatten einen Mann Mitte vierzig festgenommen, Frank war höchstens Mitte dreißig.

Gerade als Ellen ein paar Schritte weiter um die Ecke bog, fuhren zwei große Polizeiwagen in die Straße. Neugierig lief sie zurück, um zu sehen, wo sie hielten. Es war vor ihrem Haus und augenblicklich beschloss Ellen, ihren Friseurtermin zu verschieben.

Vor der Haustür angekommen, sah sie, wie mehrere Polizisten mit zwei Schäferhunden ausstiegen. Blitzschnell lief sie nach oben und auf ihren Balkon. Neugierige Anwohner sammelten sich vor ihrem Haus, wurden aber von einigen Polizisten zurückgewiesen. Ellen beobachtete, wie zwei Polizisten mit einem Hund über den Hof in Richtung der Terrasse von Frank Schulz liefen. Der Hund schnüffelte und lief hin- und her. Ellen ging zu ihrer Wohnungstür und lauschte im Hausflur. Anscheinend waren dort ebenfalls Polizisten mit dem anderen Hund zugange. Sie hörte wie einer von ihnen rief: »Wir gehen runter in den Mieterkeller.«

Dann hörte sie lautes Hundegebell auf dem Hof und flitzte wieder auf ihren Balkon. Sie beobachtete, wie die Polizisten ihren Hund bändigten, der versuchte, sich gegen den Nachbarshund zur Wehr zu setzen und gleichzeitig wie wild „die graue Erscheinung mit Hund" ankläffte. Alles ging blitzschnell und war aus Betrachtersicht ein einziges Chaos. Jedoch waren die Polizisten offensichtlich zu einem Ergebnis gekommen, denn der Nachbar wurde in Handschellen abgeführt.

Wieso das denn? Ellen war verblüfft.

Sie stürmte in den Hausflur und die Treppen hinunter, um das Ende nicht zu verpassen. Dabei hörte sie einen Polizisten rufen:

»Nee, da unten ist keiner und auch keine Spur von Drogen. Da muss nur einer mal 'nen Kammerjäger schicken. Das ist vielleicht ein elendiger Gestank da unten.«

Auf der Straße hatte sich mittlerweile eine Menschenmenge angesammelt, die ein unerträgliches Stimmengewirr verursachte. Die Polizei ließ sich nicht beirren, setzte vorschriftsmäßig den Nachbarn in ihr Auto und fuhr davon. Ellen zitterte vor Aufregung. Plötzlich spürte sie eine Hand auf ihrer Schulter und drehte sich um. Direkt hinter ihr stand Jochen und neben ihm Tina. Sie war blass und meinte:

»Boh, wie krass. Was war das denn? Ich bin echt geschockt.«

»Also wirklich«, stotterte Ellen. »Wie im Film.«

»Unglaublich! Leider bin ich erst vor zwei Minuten gekommen«, bedauerte Jochen sein spätes Erscheinen.

»Na dann, wir sehen uns. Ich muss meinen Imbiss aufmachen.«

Einige Leute starrten noch einen Augenblick fassungslos vor sich hin, während andere aufgeregt miteinander sprachen.

»Kommst du nachher auf einen Kaffee vorbei?«, fragte Tina.

»Ja, mache ich gerne«, antwortete Ellen und ging ins Haus. Im Vorbeigehen hörte sie die Kommentare einzelner Nachbarn.

»Das hätte ich jetzt nicht gedacht!«

»Aber wenn sie bei Herrn Schulz nichts gefunden haben…«

»Ich kann mir da überhaupt keinen Reim drauf machen.«

»Ja, ich bin auch ganz sprachlos«, verkündete Ellen betont laut ihre Betroffenheit und hoffte, nicht direkt angesprochen zu werden. Sie wollte erstmal zur Ruhe kommen.

Tom war nicht erreichbar. Seine Sekretärin hatte Ellens Anruf entgegengenommen, weil er in einem Meeting war.

Schade. Ich hätte es ihm jetzt gern erzählt und seine Meinung dazu gehört. Wie kommt die Polizei dazu, hier mit Drogenhunden aufzuschlagen? Das war doch eigentlich ein Hirngespinst von Jochen. Und jetzt ist doch was dran?

Ellen beschloss, unverzüglich bei Jochen vorbeizugehen und ihn zu fragen.

Das kann doch kein Zufall gewesen sein!

Und sie hatte recht. Jochen erklärte ihr in stolzem Ton: »Ich hatte dir doch erzählt, dass die Jungs hier bei mir öfter mal einen Kaffee trinken. Und klar, habe ich sie drauf angesprochen, was denn nun mit Frank ist. Die waren ratlos. Diesen Tipp musste ich denen dann einfach geben, sind ja nicht von allein drauf gekommen. Hab dir doch gesagt, du wirst schon sehen«, erinnerte er Ellen grinsend.

»Mensch Jochen, aber bei Frank haben sie doch überhaupt keinen Stoff gefunden. Und, wie erklärst du dir das nun?«

»Tja… ehrlich gesagt, ist mir das auch noch unklar. Ich meine, meine Idee mit den Drogen stimmte ja, traf nur nicht auf Frank zu. Wo der steckt, ist mir jetzt auch erstmal ein Rätsel. Aber wart ´s ab, ich werde schon noch erfahren, was der Ralf erzählt hat.«

»Ralf?«

»Ellen, Ralf heißt dein Nachbar, den sie einkassiert haben.«

»Ach so«, bemerkte Ellen und dachte: *So langsam sollte ich mir mal alle Namen aufschreiben.*

»Und mit Nachnamen?«

»Den weiß ich auch nicht.«

»Sag mal Jochen, eine Frage habe ich noch«, flüsterte Ellen. »Weißt du, ob Frank schwul ist?«

»Wie kommst du denn darauf?«, prustete Jochen los. »Quatsch, der hat ´ne ganz süße Braut in Cottbus. Hat er mir mal auf ´nem Foto gezeigt. Das Problem ist nur, dass die ein kleines Kind hat, mit dem sie bei ihren Eltern wohnt. Der leibliche Vater ist wohl so ´n Taugenichts und deshalb mischen sich ihre Eltern ein. Frank muss den beiden erst ein schönes Heim bieten können, bevor die Eltern ihre Tochter mit dem Kind gehen lassen. Nett gemeint, aber natürlich auch doof. Deshalb dachte ich ja auch, dass Frank versucht, mit Drogengeschäften schneller an Geld zu kommen. Verstehst du jetzt?«

»So einigermaßen«, gab Ellen zu.

Die Zusammenhänge schienen ihr vorerst noch etwas unklar. Sie musste nachdenken.

»Danke dir, Jochen. Wir halten uns gegenseitig auf dem Laufenden, in Ordnung?«

»Klar Lady, bin auch gespannt, wie sich das Ganze auflöst. Bis dann, grüß Tom von mir.«

Ellen schlenderte nach Hause und versuchte eine Weile vergebens, eine Verbindung von Frank zu Ralf herzustellen.

Und wie passt Martin überhaupt ins Gefüge? Was kann er mit Frank zu tun haben?

Als Ellen auf die Bäckerei zusteuerte, verabschiedete Tina gerade einen Kuchenlieferanten. Sie wirkten sehr vertraut miteinander. Tina gab dem jungen Mann ein Küsschen auf jede Wange, bevor dieser in seinen Wagen stieg und wegfuhr.

Früher hatte die Bäckerei hausgemachten Kuchen und sogar Torten zu verschiedenen Anlässen angeboten. Inzwischen lohnte sich die Beschäftigung eines Bäckers nicht mehr. Im Internet wurden sagenhafte Torten zu unschlagbaren Preisen angeboten. In dieser Gegend war es rentabler, zwei Verkäuferinnen einzustellen, die mehrmals täglich vorgefertigte Teigwaren aufbacken. Die Nachfrage bestimmte das Angebot, und daher ließ die Bäckerei sich zweimal pro Woche verschiedene Blechkuchen liefern. Der Inhaber schien eine gute Entscheidung getroffen zu haben, denn er besaß mittlerweile im Umkreis von fünf Kilometern drei Bäckereien mit dieser Verkaufsstrategie.

»Hallo Ellen, setz dich doch schon mal hin. Ich komme gleich, muss nur schnell die Bleche verstauen.«

»Ganz in Ruhe, Tina.«

Ellen setzte sich an einen der beiden Tische und schaute die Straße entlang. Es war fast niemand unterwegs. Kaum zehn Minuten später kam Tina mit dem Kaffee raus, setzte sich und zündete sich eine Zigarette an. Sie war sichtlich nervös.

»Ich muss damit aufhören. Die werden immer teurer, und ich will auch nicht aussehen, wie so ´ne olle Orange», jammerte sie. »Trotzdem fällt es mir irre schwer, gerade an Tagen wie heute. Ich meine, ich weiß ja einiges über die Leute hier, hab auch echt für vieles Verständnis, aber jetzt nimmt es langsam überhand.«

»Du meinst die Festnahme?«, vergewisserte sich Ellen.

»Na ja, wer hätte denn gedacht, dass Ralf was mit Drogen zu tun hat? Anfangs konnte ich die beiden Zwillinge gar nicht auseinanderhalten. Aber mit den Jahren wusste ich sofort, ob Ralf oder Daniel bei mir im Laden steht.«

Ellen faltete die Hände hinter ihrem Kopf zusammen, um sich zu dehnen. Sie hatte schlecht geschlafen, fühlte sich verspannt und saß unbequem.

»Für mich sehen die völlig gleich aus«, stellte Ellen fest.

»Du hast dich bestimmt nie mit ihnen unterhalten, sonst hättest du es an den Gesichtszügen gemerkt. Aber ist jetzt auch egal. Die Krönung ist, dass Florian mir gerade erzählt hat, dass Martin in einer Entzugsklinik ist. Das hat mir glatt die Schuhe ausgezogen.«

»Was? Das kann nicht sein!«, bezweifelte Ellen.

Sofort fiel ihr die Unterhaltung mit Dimitri am Dienstagabend ein.

Martin ist doch geschäftlich in Darmstadt. Es muss sich um eine Verwechslung handeln, dachte Ellen und musste sich beherrschen, es nicht laut zu sagen, um nicht für weitere Verwirrung zu sorgen. Sie wollte erst mehr erfahren.

»War auch mein erster Gedanke, aber Florian muss es wissen. Die kennen sich gut, haben zusammen ´ne Therapie gemacht.«

»Und wer bitte ist Florian?«, erkundigte sich Ellen.

»Florian ist ein Ex meines Bruders. Ein wirklich toller Mensch, nur leider spielsüchtig. Deshalb ist damals die Beziehung gescheitert. Darunter haben beide sehr gelitten. Die Konsequenz war, dass mein Bruder nach Hamburg gezogen ist, und Florian ´ne Therapie gemacht hat. Danach habe ich ihm geholfen, einen Job zu finden. Er ist jetzt Lieferfahrer und bringt uns die Blechkuchen.«

»Ach, dann habe ich Florian vorhin gesehen, und zwar als ihr euch verabschiedet habt.«

»Klar, wir sind ja auch Freunde geworden und quatschen immer mal ein bisschen. Mein Bruder freut sich, dass es ihm jetzt besser geht. Und wenn er in Berlin ist, gehen wir drei zusammen in die Gay-Bar. Aber mehr auch nicht. Mein Bruder zweifelt an Florians Standfestigkeit. Ich kann das nicht beurteilen.«

Tina sprang von ihrem Stuhl auf und rief in Richtung Ladentür: »Ich komme schon.«

Ein Mann hatte die Bäckerei betreten und wartete ruhig. Ellen lehnte sich auf dem Stuhl zurück und verschränkte ihre Arme vor der Brust. Sie verstand nicht, warum Hans gelogen haben sollte.

Oder hatte sich Dimitri vielleicht verhört?

»Der könnte mir gefallen«, kommentierte Tina lächelnd den Kunden, als sie sich wieder zu Ellen an den Tisch setzte. »Aber er ist leider schon vergeben«, erklärte sie und machte dabei einen Schmollmund.

»So, so«, spaßte Ellen und grinste sie zwinkernd an.

Tina zuckte mit den Achseln und zündete sich eine Zigarette an. Dann fiel ihr offensichtlich wieder ein, worüber sie zuvor mit Ellen gesprochen hatte.

»Entschuldige, ich wollte ja noch weitererzählen. Also, jedenfalls hab ich Florian vorhin von Ralfs Festnahme berichtet und er war froh, dass es Martin nicht auch erwischt hat, weil er ja zum Glück in der Klinik ist. Er meinte noch, es sei schon schlimm genug, dass Martin in der Gay-Bar Hausverbot hat.«

»Warum?«

»Weil er dort Stoff verkaufen wollte.«

»Das ist ja ein Alptraum!« Ellen war fassungslos.

»Das kannst du wohl laut sagen«, bekräftigte Tina sie.

Ellen kniff nachdenklich die Augen zusammen und nagte an ihrer Oberlippe.

Was für ein Durcheinander!

»War Florian damals spielsüchtig und drogenabhängig?«, erkundigte sich Ellen verunsichert.

»Nee, wieso?«

»Weil du eben erzählt hast, dass Florian und Martin sich in der Therapie kennengelernt haben.«

»Ja, weil Martin auch spielsüchtig ist.«

»Ach du meine Güte, und nun ist Martin beides und dealt obendrein?« Ellen war entsetzt.

»Offensichtlich. Beides zu sein, ist aber nicht selten der Fall. Dass Martin auch dealt, ist allerdings die Krönung«, erklärte Tina.

Sie nahm eine Zigarette aus der Schachtel, drehte diese kurz zwischen ihren Fingern, zögerte einen Moment und steckte sie wieder zurück in die Schachtel.

»Weißt du, wo Martin ist?«, erkundigte sich Ellen.

»Irgendwo in Nordrhein-Westfalen, meinte Florian. Martin hatte wohl rumgejammert, dass er es eigentlich selbst in den Griff kriegen wollte. Aber Hans hat ihn anscheinend unter Druck gesetzt. Na ja, immer dieses „Morgen wird alles anders" will ja auch irgendwann keiner mehr hören.«

»Schwierige Kiste«, stellte Ellen fest und dachte: *Interessant, Darmstadt liegt in Hessen.*

»Ach übrigens, Frank ist nicht schwul, sagte mir Jochen. Er hat eine Freundin in Cottbus und Jochen sogar mal ein Foto von ihr gezeigt«, klärte Ellen Tina auf.

»Echt? Dann wollten Frank und Martin sich wahrscheinlich nur mal in Ruhe unterhalten«, bemerkte Tina und fügte hinzu: »Das kann man in der Gay-Bar nämlich gut, weil da nicht so krasse Musik abgespielt wird, vor allem auch nicht so laut.«

»Wahrscheinlich«, pflichtete Ellen ihr bei.

Insgeheim rätselte sie, was Frank und Martin miteinander zu tun hatten. Augenscheinlich waren sie vollkommen unterschiedliche Typen.

Plötzlich beschlich Ellen das Gefühl, dass sie Tina nicht den Eindruck vermitteln durfte, sie auszuhorchen. Sie wollte nicht ihr gutes Verhältnis aufs Spiel setzen.

»Wusstest du, dass Jochen der Polizei den Tipp gegeben hat, nach Drogen zu suchen?«, verriet sie deshalb.

»Nee«, staunte Tina zuerst, bemerkte dann allerdings: »Darauf hätte ich eigentlich selbst kommen müssen. Aber so völlig absurd war seine Idee ja tatsächlich nicht. Nur weiß immer noch keiner, wo Frank steckt. Irgendwie ist das alles unlogisch, findest du nicht?«

»Ja, eigentlich schon.«, nickte Ellen und nutzte Tinas Feststellung: »Apropos unlogisch, du hast doch neulich gesagt, Frau Bartel würde allein in ihrer Wohnung leben, oder?«

Ellen war sichtlich neugierig.

»Wie kommst du jetzt ausgerechnet darauf?«, fragte Tina perplex und schüttelte unverständig den Kopf. »Frau Bartel ist doch im Moment total uninteressant. Außerdem hatte ich dir nur gesagt, dass sie nicht liiert ist«, korrigierte Tina Ellen und blickte sie verwundert an. »Seit wann interessierst du dich überhaupt für das langweilige Privatleben deiner Nachbarn? War doch sonst nie unser Thema.«

»Ich weiß, Tina. Nach dem heutigen Ereignis finde aber selbst ich, dass man sich generell etwas mehr für seine Nachbarschaft interessieren sollte. Und ja, bisher war ich da zu oberflächlich. Aber mal unabhängig davon, handelt es sich bei Frau Bartel doch wohl eher um ein Missverständnis. Wir glauben nämlich, jemanden abends auf ihrem Sofa sitzen zu sehen, der überwiegend Fußball guckt.«

Ellen musste innehalten, weil Frau Wangel kam und sich ein Stück Kuchen kaufen wollte. Sie erkundigten sich gegenseitig nach ihrem Befinden und verabschiedeten sich mit: »Schönen Tag noch.«

Nachdem Frau Wangel fort war und Tina wieder Platz genommen hatte, fuhr Ellen fort:

»Gut, kommen wir doch bitte nochmal auf Frau Bartel zurück. Du gibst mir doch sicherlich recht, wenn ich sage, dass sie schlecht den Fernseher anschalten und gleichzeitig auf dem Balkon an ihren Blumen rumfummeln kann, oder? Also bitte, wenn du kannst, hilf uns dieses scheinbar einfache Rätsel zu lösen.«

»Verstehe«, grinste Tina geheimnisvoll. »Du darfst es aber nicht weitererzählen, okay?«

»Nein, natürlich nicht.«

»Frau Bartel hat mich gebeten, ihr Verhältnis für mich zu behalten. Sie möchte nicht, dass über sie getratscht wird.«

»Wer möchte das schon? Mit wem hat sie denn ein Verhältnis?«

»Mit Herrn Sauer«, verriet Tina.

Sie sah Ellen deutlich an, dass sie auch mit diesem Namen nichts anfangen konnte.

»Das ist der alleinstehende Herr aus dem ersten Stock

im Hinterhaus. Sein Balkon liegt direkt neben Frau Bartels.«

»Ach, ich weiß, wen du meinst. Den habe ich seit unserem Einzug höchstens fünfmal für ein paar Sekunden gesehen. Sein Balkon ist völlig kahl, und die Wohnung wirkt von außen verlassen«, bemerkte Ellen geradezu enttäuscht.

Nach den Geschehnissen der letzten Tage, hatte sie mit einer solch banalen Lösung nicht gerechnet.

»Was hast du denn erwartet?«, wollte Tina wissen.

»Keine Ahnung, wahrscheinlich nicht sowas Normales. Da ist ja nun wirklich nichts bei«, kicherte Ellen.

»Na ja, der Sauer ist schon ein bisschen speziell. Der ist so ´n Eigenbrötler. Sie war sich von Anfang an unsicher. Dann ging es hin und her. Und mittlerweile ist es wohl eine Art Gewohnheit geworden, dass er abends bei ihr hockt. Ich glaube, sie will nicht alleine sein, aber auch nicht wirklich eine feste Beziehung mit ihm. Deshalb hat jeder seine eigene Wohnung. Das setzt sie einer Affäre gleich, die sie unangemessen für ihr Alter findet. Darum ist ihr das Ganze peinlich. Frag mich nicht warum, ich begreife sie auch nicht«, gab Tina ihr noch schnell zu verstehen, bevor sie sich erhob und in die Bäckerei eilte.

Einige Kunden waren gekommen. Ellen kannte niemanden davon. Sie nahm die Kaffeetassen, ging ebenfalls in den Laden und stellte die Tassen seitlich von Tina auf ein kleines Tischchen.

»Ciao, Tina. Wir sehen uns.«

Dann ging sie heim.

Nichts von dem, was ich in den letzten Tagen gehört habe, ist wirklich nachvollziehbar. Außer, dass Hans bei Dimitri wahrscheinlich geschwindelt hat, weil es ihm unangenehm ist, dass Martin abhängig ist. Ich würde das auch keinem freiwillig auf die Nase binden. Ob Hans weiß, dass Martin obendrein dealt? Vielleicht dealt Frank ja auch. Oder er hat Drogen von Martin gekauft. Das wäre ´ne Erklärung, warum die miteinander zu tun haben. Aber vielleicht sind die auch einfach nur befreundet. Mensch, ist das verzwickt! Moment mal... Frank ist vielleicht auch in einer Klinik und seine Schwester weiß von nichts. Kann das sein? Puh...

Ellen fühlte sich immer noch verspannt, machte einige Lockerungsübungen und streckte sich anschließend ausgiebig.

Im Moment habe ich echt keine Zeit, weiter darüber nachzudenken. Ich will mich morgen nicht blamieren.

Sie setzte sich an ihren Schreibtisch, um sich für ihre Präsentation vorzubereiten. Im Grunde war alles fertig, aber sie wollte ein letztes Mal überprüfen, ob sich nicht doch ein Fehler eingeschlichen hatte. Zudem musste sie noch ein passendes Kostüm auswählen. Schließlich wollte Ellen auch optisch ein gutes Bild abgeben. Deshalb hatte sie noch am Vormittag beim Friseur angerufen und nach einem möglichst kurzfristigen Ausweichtermin gefragt. Zu ihrem Glück war noch ein Termin um fünf Uhr nachmittags frei gewesen.

Tom brachte Blumen mit nach Hause. Er brauchte dazu

keinen Anlass. Im Sommer kaufte er sie oft von einer Dame, die ihre eigenen Gartenblumen anbot. Ellen freute sich sowohl über die Blumen als auch über Toms Art, anderen zu helfen.

Gutgelaunt erzählte er von seinem endlich erfolgreich abgeschlossenen Projekt und hörte sich anschließend interessiert Ellens Bericht über die Festnahme der „grauen Erscheinung mit Hund" namens Ralf an.

»Dann muss die Polizei nur noch klären, wo Frank Schulz abgeblieben ist. Das scheint allerdings keine einfache Aufgabe zu sein«, bemerkte Tom lachend.

Über die Auflösung des Rätsels um die vermeintliche Puppe, die allabendlich auf Frau Bartels Sofa saß, amüsierte er sich ebenso köstlich.

»Wer hätte das gedacht?«, staunte er.

Als Ellen ihm daraufhin von Martins Spiel- und Drogensucht erzählte, sank Toms Stimmung allerdings schlagartig.

»Schatz, das ist eine heikle Angelegenheit, die uns nichts angeht«, warnte er sie davor, sich weiter dafür zu interessieren.

Ellen wusste, dass es Streit gäbe, wenn sie Tom alles erzählte, was sie bisher in Erfahrung gebracht hatte. Deshalb unterließ sie es und stimmte ihm einfach zu.

Donnerstag

Ellens Präsentation war hervorragend gelaufen. Zudem hatten sich die beiden Geschäftsführer mit ihrem Vorschlag, ein neues Logo zu wählen, anfreunden können. Ellens spontaner Entwurf gefiel ihnen auf Anhieb. Somit hatte sie einen zusätzlichen Auftrag gewonnen. Ellen war stolz auf ihre Arbeit und machte sich in Hochstimmung auf den Heimweg.

Jochen spannte gerade seine Sonnenschirme auf, als Ellen an seinem Imbiss vorbeikam. Er sah sie und rief ihr zu:

»Hallo Lady, wie wär´s mit ´nem Kaffee?«

»Hallo Jochen, warum nicht«, erwiderte sie und setzte sich unter einen seiner Schirme.

»Du bist ja so schick«, lobte er sie.

»Danke. Ich hatte gleich heute früh eine Präsentation.«

»Und, wie ist die gelaufen?«

»Super«, strahlte Ellen »und ich habe gleich noch einen zweiten Auftrag bekommen.«

»Klasse! Na dann: Herzlichen Glückwunsch.«

»Danke dir, Jochen. Gibt´s schon was Neues?«

»Du meinst von Ralf«, wusste Jochen sofort. »Den hat Frank zum Dealen angeheuert. Ist schon offiziell, steht sogar im Internet. Welche Zeitung darüber berichtet, weiß ich nicht.«

»Was, echt? Das kann doch nicht wahr sein!«

»Wieso? Der hat sich gedacht, er kassiert einfach Provision dafür, dass er den Drogenbossen Dealer vermittelt. Hat sich damit aber gewaltig die Hände schmutzig gemacht. Jetzt wird nämlich nach ihm gefahndet«, erklärte Jochen großmäulig.

Ellen war sprachlos und trank einen großen Schluck Kaffee.

»Dann haben Franks Auftraggeber, oder wie man die nennt, bei ihm eingebrochen«, mutmaßte Ellen.

»Der zweite Einbruch geht auf Ralfs Kappe. Der erste… keine Ahnung«, ließ Jochen sie wissen.

»Wieso hat Ralf bei Frank eingebrochen?«, fragte Ellen nach.

»Weil er dachte, er kann vielleicht Geld oder Stoff finden. Völlig blöde! Wahrscheinlich hat er gemeint, er wäre schlauer als die vor ihm. Es wurde ja immer gesagt, die Wohnung sei verwüstet gewesen, mehr nicht. Und da er Frank kannte… was weiß ich.«

»Klingt plausibel«, befand Ellen. »Okay, Jochen. Ich muss los.«

»Schönen Tag«, wünschte Jochen.

Ellens gute Laune war verflogen. Alles, was sie seit letztem Freitag erlebt und gehört hatte, schien unglaublich aber wahr zu sein. Sie musste diese Flut von Informationen verarbeiten, wusste aber nicht wie. Urplötzlich übermannte sie das Gefühl, dass etwas Schreckliches geschehen war. Nichtsdestotrotz bemühte sie sich, konstruktiv zu denken.

Frank wird sich Leute ausgesucht haben, von denen er wusste, dass sie in Schwierigkeiten stecken. Dazu gehört auch Martin, weil er spielsüchtig ist und dafür Geld braucht. Hans ist vermögend, aber vielleicht hatte Martin Angst vor ihm. Oder es war ihm peinlich, Hans um Geld zu bitten, und er hat deshalb angefangen, zu dealen. Hans ist sicher fordernd und bestimmend. Schließlich hat er Martin unter Druck setzen können, eine Therapie zu machen. Unter dieser Belastung ist Martin dann bestimmt sein eigener Kunde geworden. Vielleicht hat er immer mehr Stoff für sich selbst gebraucht, als er vertickt hat oder Frank sogar übers Ohr gehauen. Frank ist spurlos verschwunden, immer noch. Vielleicht ist er längst tot. Wenn er in einer Klinik wäre, hätte die Polizei das mittlerweile rausgefunden. Bei Ralf haben sie Drogen gefunden, bei Frank gab ´s nichts zu finden. Er hat nur vermittelt und Provision kassiert. Es könnte also eskaliert sein, und Martin hat Frank umgebracht und wurde deshalb von Hans sozusagen weggesperrt. So will er Martin vielleicht vor der Polizei schützen. Nee, das ist Schwachsinn. Ich glaube nicht, dass Martin jemanden umbringen kann. Dafür ist er nicht der Typ. Aber glauben heißt nicht wissen! So wie auch schließlich auf Frank passt: stille Wasser sind tief. Komm Ellen, reiß dich zusammen. Streng dich an und bleib bei den Fakten.

Ellen merkte, dass sie feststeckte. Sie benötigte dringend Hilfe, um eine klare Linie zu finden.

Tom kam derzeit nicht in Frage. Erstens managte er gerade ein wichtiges Projekt und zweitens wollte er das Auffinden von Frank der Polizei überlassen. Es würde ihr nur Ärger einbringen, ihn mit ihren Überlegungen zu behelligen.

Spontan beschloss Ellen, Torsten anzurufen. Er war Steuerberater, wohnte in Bayern und leitete eine Abteilung in einem großen Konzern.

Ellen und Torsten hatten sich auf einem Seminar kennengelernt. Im Zuge verschiedener Gruppenarbeiten war ihr seine ausgeprägte Selektionsfähigkeit aufgefallen. Seither standen sie in lockerem Kontakt und tauschten sich zu verschiedenen Themen aus.

Torsten war ein guter Ratgeber und hatte Ellen schon mit mancher Anregung weitergeholfen. Sicher würde er ihr Interesse an diesem Fall verstehen. Sie rief auf seinem Handy an und erreichte ihn zu Hause. Eine Sportverletzung zwang ihn seit Wochen zu einer beruflichen Auszeit. Über Ellens Anruf erfreut, berichtete er von seinem Missgeschick und einer anstehenden Familienfeier. Auf Ellens Neuigkeiten reagierte er fassungslos und stellte skeptische Fragen.

»Deiner Darstellung zufolge spielen hier Liebe, Macht, Geld und Imageverlust erhebliche Rollen«, fasste Torsten bedacht zusammen, nachdem Ellen ihm alles in epischer Breite geschildert hatte.

Trotzdem wollte er sich nicht zu einer voreiligen Hypothese hinreißen lassen und alle Möglichkeiten in Betracht ziehen. Deshalb diskutierte er mit Ellen ausgiebig das Für und Wider einer Flucht von Frank und einer Straftat der Drogenmafia. Beide einigten sich darauf, dass weder das eine noch das andere Sinn machte.

»Der wichtigste Aspekt scheint mir die Abhängigkeit

von Martin zu sein, sowohl seine finanzielle als auch seine Sucht«, kristallisierte Torsten heraus.

»Ja, und deshalb denke ich, dass Martin zu instabil ist, einen Mord zu planen. Und das muss geplant gewesen sein, denn es gab offensichtlich keine Spuren, die auf ein Verbrechen hingewiesen haben. Ansonsten hätte die Polizei diesen Fall schon aufgeklärt. Meiner Meinung nach, wurde Frank in seiner Wohnung getötet und die nur verwüstet, damit es wie ein Einbruch aussieht. Hans hat mehrere Immobilien. Das weiß ich von unserem Schneider hier in der Straße. Vielleicht hat er da einen Leerstand, wo er Frank erstmal hingebracht hat, um seine Leiche später irgendwo abzulegen. Im Nachhinein ist es für die Polizei schwieriger, die Zusammenhänge zu erkennen. Und dann wird einfach die Drogenmafia verantwortlich gemacht.«

»Ich weiß nicht, Ellen. So einfach ist das alles nicht. Und außerdem, Frank zu töten, weil er dafür sorgt, dass Martin noch tiefer ins Verderben schlittert und damit letztendlich das Image von Hans so ruiniert, dass er alles verliert…. Ist das nicht ein bisschen heftig? Ich gebe zu, dass ich auch der Meinung bin, dass Hans ein starkes Motiv hat. Aber es kann ebenso möglich sein, dass er Frank nur einen Denkzettel verpassen wollte. Nun stell dir doch mal vor, Hans hat Frank lediglich betäubt und hält ihn jetzt irgendwo für eine Weile fest. Sowas hat es doch auch schon gegeben.«

»Hmm… okay, ich denke drüber nach. Danke fürs Zuhören, Torsten. Und weiterhin gute Besserung. Wir hören wieder.«

»Tschüss, Ellen. Und bitte lass mich unbedingt wissen, wenn es neue Fakten gibt. Ich bin jetzt schließlich auch neugierig geworden«, lachte Torsten.

Ellen war froh, dieses Telefonat geführt zu haben. Torsten hatte nicht nur ihre Vermutungen erst genommen, sondern ihr auch einen neuen Lösungsansatz geliefert.

Sie machte sich einen Tee und grübelte über Betäubungsmöglichkeiten. Zuerst fiel ihr Chloroform ein, dann kam sie auf Ethanol und Opiate. Allerdings hatte sie keine Ahnung, wie lange diese Stoffe wirkten, und wo sich die Immobilien von Hans befanden. Außerdem kamen ihr Zweifel, ob er Frank über mehrere Tage gefangen halten konnte, ohne dass es jemandem auffiel. Letztlich hielt sie eine gezielte Vergiftung für wahrscheinlicher.

Aber womit? Klar, es gibt jede Menge giftige Chemie, aber die stinkt in der Regel. Und Pilze, Pflanzen und Beeren… dazu müsste er ihn zum Essen eingeladen haben. Das ist unrealistisch. Eher käme Blausäure im Wein in Frage. Ich hab mal gelesen, dass dreißig Prozent der Menschen Bittermandelgeruch gar nicht riechen können. Das ließe sich vorher unauffällig ausprobieren. Im Hausflur: „Oh was stinkt denn hier so?" und wenn der andere nichts riecht, weiß man Bescheid. Und wenn doch, muss es ja irgendwas anderes geben. Aber was? Tja… da müsste mir Julia eigentlich weiterhelfen können. Ich kann sie ja mal fragen.

Ellen wusste, dass Julia, wenn überhaupt, nur sehr wenig Zeit haben würde. Sie schickte ihr die kurze Nachricht:

„Spatz, bitte ruf doch mal kurz an. Ich habe eine Frage, dauert auch nicht lange."

Dann überlegte sie, wie Julia ihr helfen könnte, ohne den Sachverhalt zu kennen. Sie wollte Julia nicht beunruhigen. Es dauerte eine Weile, bis Julia sich meldete: „Okay, in einer Viertelstunde, aber nur ganz kurz."

Ellen war gespannt, welche Idee Julia haben würde. Aufgeregt stand sie am Fenster, starrte geistesabwesend auf die Straße und wartete, dass endlich das Telefon klingelte.

»Mama, was gibt's so Dringendes?«, legte Julia sofort angespannt los.

»Ach weißt du, wir haben gestern so ′n Krimi geguckt und da meinte ich zu Tom, wie altmodisch der Einsatz von Blausäure doch ist. Es muss schließlich noch andere Gifte geben, die schnell wirken. Dann haben wir den ganzen Abend erfolglos rumgerätselt und ich hab gesagt, dass ich dich mal frage«, log Ellen und fand sich selbst unglaubwürdig.

»MAMA, und das fällt dir ausgerechnet jetzt ein? Hättest du nicht bis zum Wochenende warten können?«, schimpfte Julia laut. »Das kann doch nicht dein Ernst sein!«

Ellen sah Julias Gesicht ganz deutlich vor sich. Sie kannte ihren genervten Blick, betont durch einen blitzschnellen doppelten Augenaufschlag, nur zu gut. Ellen hatte ihn schon mehrfach heimlich vor dem Spiegel nachmachen wollen. Es war ihr jedoch nie gelungen. Dieser Blick war einmalig und ließ sich absolut nicht doublen.

»Entschuldigung«, hauchte Ellen in den Hörer und Julia beschlich das Gefühl, dass ihre Mutter wahrscheinlich bloß mal wieder ein kurzes „Hallo" benötigte.

Also nahm sie sich zusammen, atmete tief durch und erklärte:

»Weiß nicht, vielleicht Natriumfluoracetat. Das ist farb- und geruchlos, leicht wasserlöslich und hochgiftig. Die tödliche Dosis für Menschen liegt zwischen fünf und zehn Milligramm pro Kilogramm Körpergewicht.«

»Ist das schwer zu kriegen?«

»Für Otto Normalverbraucher schon«, kicherte Julia. »Der kommt vielleicht eher an Insulin.«

»Insulin?«, staunte Ellen. »Was kann man denn damit anrichten?«, fragte sie wissbegierig.

»Je nach Menge kann man damit sowohl Diabetiker als auch Gesunde töten. Dem einen gibt man mehr als er benötigt und dem anderen etwas, was er überhaupt nicht braucht. Kurz: in beiden Fällen wäre es eine Überdosis. So, ich muss wieder.«

»Julia, und wie schnell wirkt das?«, wollte Ellen unbedingt noch wissen.

»Schnell, Mama. Außerdem gibt es auch noch extra schnell wirkendes Insulin. Ich muss jetzt aber wirklich auflegen. Ich melde mich am Sonntag, okay Mama?«

»Ich freue mich schon drauf. Und Dankeschön, mein Spatz.«

Bingo, ein unerwarteter Volltreffer! Hans ist Diabetiker, hat Tina jedenfalls gesagt. Ich hab's gewusst!

Tom sah müde aus, als er von der Arbeit kam.

»Na mein Schatz, du hattest offensichtlich einen anstrengenden Tag«, begrüßte ihn Ellen mitfühlend.

»Hör bloß auf. Ich bin es so satt, dass die Geschäftsführung sich nicht einigen kann, mit wem wir nun eigentlich kooperieren wollen, mit den Frankfurtern oder den Kölnern. Und dann noch die Revision, die für jeden Schritt eine Aktennotiz will. Wir ersticken in Formalitäten, und die Konkurrenz geht an den Markt. Es ist echt zum Mäusemelken.«

»Das ist ja ärgerlich!«, sagte Ellen verständnisvoll.

Sie konnte seinen Unmut gut nachvollziehen und hörte sich während des Abendbrots geduldig die Details der einzelnen Abläufe an. Danach wirkte Tom etwas entspannter.

Ellen stellte sich hinter seinen Stuhl, um ihm ein wenig den Nacken zu massieren. Dabei überlegte sie krampfhaft, wie sie ihn dazu bringen konnte, sie bei ihrem Vorhaben zu unterstützen.

Wir müssen rauskriegen, wo genau Hans Immobilien besitzt. Das kann nur Tom ihn fragen. Er ist diplomatisch. Ich bin dafür viel zu emotional. Sicher würde ich mich verhaspeln.

Zögerlich begann Ellen ihn darüber aufzuklären, welche Zusammenhänge sie sah. Toms Gesicht verfinsterte sich. Er wollte davon nichts hören.

»Aber Tom, stell dir doch bitte mal die Situation von Hans vor. Er gehört noch zu der Generation, die in jungen Jahren um Anerkennung ihrer sexuellen Orientierung gekämpft hat. Dann erlebt er mit, wie sich die

Einstellung der Gesellschaft ändert, und heute dürfen Homosexuelle sogar heiraten. Er hat sich ein großes Unternehmen aufgebaut, besitzt mehrere Immobilien und führt ein außerordentlich gutes Leben. Nun liebt er einen jüngeren Mann, der spielsüchtig ist. Er setzt alles daran, ihn zu unterstützen, inklusive Therapien. Vielleicht wissen einige, die mit ihm zu tun haben, von Martins Spielsucht. Das ist für ihn sicher schon schlimm genug. Dazu kommt, dass das ein Haufen Geld kostet. Hans nimmt das alles in Kauf und heiratet ihn. Und nun kommt dieser Frank daher und setzt an Martins Spielsucht an. Dass er das schaffte, war sicher verletzend für Hans. Martin ist nun süchtig und kriminell. Trotz aller Toleranz gibt es immer noch Leute, die Schwule kritisch beäugen, und jetzt hat Hans auch noch einen spielsüchtigen Dealer als Ehepartner. Und als Krönung wird Martin nun auch noch drogenabhängig. Wie soll da Hans Herr der Lage bleiben? Seine Verzweiflung und sein Hass sind bestimmt riesengroß«, bemühte sie sich, Tom zu überzeugen.

»Ellen, was sind das für Hirngespinste? Erst machst du dich über Jochen und Manfred lustig, und jetzt kommst du mit so ´nem Blödsinn. Das kann ja wohl nicht wahr sein!«

»Na ja, deren Ideen klangen anfangs einfach absurd.«

»Genau. Aber an Jochens Geschichte über Drogengeschäfte von Frank ist wenigstens was dran. Du redest von Mord. Ist dir überhaupt klar, was du dir da zusammenreimst?«

»Aber Hass ist ein starkes Mordmotiv!«, betonte Ellen.

»Ja, das weiß ich selber. Schließlich komme ich nicht vom Mond.« Tom war genervt, aber Ellen gab keine Ruhe.

»Und Hans ist Diabetiker und konnte Frank relativ problemlos mit Insulin vergiften«, gab Ellen zu Bedenken.

»Ellen, geht ´s noch? Also sind alle Zuckerkranken potentielle Mörder? Dein Kopfkino ist echt unglaublich.«

»Trotzdem verschwindet kein Mensch einfach so vom Erdboden«, verteidigte Ellen ihre Hypothese.

»Nee, dieser Frank wird abgehauen sein. Da gebe ich Jochen einfach mal recht.«

»Du könntest doch bei Hans klingeln und sagen, dass du gehört hättest, dass er Immobilien besitzt, und wir auf Wohnungssuche sind«, bettelte Ellen in leisem Ton.

»Sag mal, ich glaube, du hast sie nicht alle«, fuhr Tom aus der Haut und schlug mit der Hand auf den Tisch. Ellen zuckte zusammen.

Sie hatte keine Angst vor ihm. Tom war nicht gewalttätig, im Gegenteil. Es machte ihn im Moment nur rasend, dass Ellen sich derartig verrannt hatte. Sie ließ sich nicht bremsen und bemühte sich beharrlich, ihn zu überzeugen.

Tom schloss kurz die Augen und versuchte, sich zu beruhigen. Nach einigen Minuten sagte er einlenkend:

»Ellen, wenn du dich überarbeitet fühlst, kann ich Urlaub nehmen, und wir fahren für ein paar Tage weg.«

»Nein, ich bin nicht überarbeitet. Ich weiß, dass ich auf

der richtigen Spur bin.«

Tom starrte sie entgeistert an und schüttelte den Kopf.

»Gut Ellen, wenn du nicht überarbeitet bist, was ist dann mit dir los? Kannst du dich nicht damit abfinden, dass deine Kinder erwachsen sind, und du sie nicht mehr betüdeln musst? Weißt du deshalb nicht, wohin mit deiner Energie?«

In derselben Sekunde nahm Tom wahr, wie sich seine Worte zu einem Pfeil formten, der durch den Raum schoss und Ellen genau ins Herz traf. Das hatte er nicht gewollt. Er wusste, wie verletzbar sie war, wenn es um ihre Kinder ging. Das war an dieser Stelle unnötig und unfair gewesen. Es tat ihm sofort leid, aber er konnte jetzt nicht einknicken. Er musste hart bleiben, damit sie endlich zur Vernunft kam. Ellen blickte ihn bissig an.

»Was Besseres fällt dir nicht ein? Ich finde es schade, dass du nicht mitkriegst, was um dich herum geschieht. Du machst einfach die Augen zu und stellst dir eine heile Welt vor. Wie naiv ist das denn?«, feuerte sie zurück.

Beide saßen sich bockig mit verschränkten Armen gegenüber. Dann stand Tom auf und sagte ruhig aber bestimmt:

»Ellen, ich sag ´s dir jetzt zum letzten Mal: Hör auf, Miss Marple zu spielen. Ich hab dafür kein Verständnis. Für mich ist deine Theorie mehr als fragwürdig. Ich erwarte, dass du aufhörst, dich da reinzusteigern. Wenn du unbedingt etwas unternehmen willst, dann können wir höchstens zur Polizei gehen. Aber sei dir über eins im Klaren: Wenn du unrecht hast, bist du dran wegen Verleumdung, und dann ist DEIN Ruf ruiniert. Ich rate dir, die Polizei ermitteln zu lassen.«

Ellen war die Farbe aus dem Gesicht gewichen. Sie seufzte:

»Gut, dann gehen wir gleich morgen früh zur Polizei. Kannst du dir das einrichten?«

»Muss ich dann wohl«, antwortete er kühl.

Ellen notierte sich in Stichpunkten alles Wesentliche als Gedankenstütze für das Gespräch mit der Polizei.

Den restlichen Abend verbrachten sie schweigend. Tom las ein Buch. Für ihn war das Thema vorerst erledigt. Ellens Gedanken hingegen waren blockiert. Deshalb tat sie so, als ob sie ihre Projektunterlagen sortieren würde.

Freitag

Ellen war übel. Sie saß blass und nervös am Küchentisch. Die ganze Nacht hatte sie sich hin und her gewälzt.

Die Vorstellung, dass die Polizei sie schlicht für geisteskrank erklärte, schnürte ihr den Magen zu. Ihr war unklar, wie sie einem Polizisten gegenüber ihre Schlussfolgerung glaubhaft darlegen sollte. Die Schilderung ihrer Theorie musste von Anfang an nachvollziehbar sein, damit ihr überhaupt jemand zuhörte.

Sie versuchte, eine logische Reihenfolge für ihre Darstellung zu finden und stellte sich den Gesprächsablauf auf dem Polizeirevier vor.

Womit fange ich an? Die Polizei wird bestimmt sagen „Seien Sie doch nicht so aufgeregt. Erzählen Sie doch einfach alles der Reihenfolge nach." Jedenfalls ist das in Filmen so und was sollen die auch sonst sagen? Sie werden mich sicher fragen, warum ich mich überhaupt derartig um Franks Verschwinden gekümmert habe. Klar, denn offensichtlich mehr als die anderen Nachbarn. Ich kann dann schlecht sagen, dass mich die abschließende Äußerung des Polizisten beim ersten Gespräch geärgert hat, und ich dadurch angespornt wurde. Obwohl es ja irgendwie stimmt. Und dann kam halt eins zum anderen, angefangen mit Jochens fixer Idee. Wie so ´n Dominoeffekt, ausgelöst durch die ganzen Geschichten. Tja, ich werde zugeben müssen, dass ich neugierig war und das

Rätsel lösen wollte. War ja auch spannend. Aber ich will nicht als selbsternannte Ermittlerin abgestempelt werden. Das fände ich frech. Schließlich soll man seinem Bauchgefühl folgen. Und meins sagt mir ganz deutlich: Da ist etwas Schreckliches passiert. Und ich bitte die Polizei schließlich nur, meine Bedenken ernst zu nehmen. Sie wollen doch immer Hinweise. Dann müssen sie meinem jetzt auch nachgehen. Ich habe ja nicht spioniert, sondern mich nur unterhalten. Tina und Jochen waren genauso gespannt. Was ich gehört hab, war unglaublich und traurig zugleich. Genau, ich sag denen, dass mich diese Unfassbarkeit in ihren Bann gezogen hat. Nee, klingt bescheuert, zu unecht. Eigentlich war ich erschrocken und sprachlos, weil ich das alles nicht glauben konnte und wissen wollte, was davon stimmt. Ja, deshalb habe ich mir so viele Gedanken gemacht und im Grunde dann doch nur eins und eins zusammengezählt. Und Tina und Jochen haben auch mitgemacht, jedenfalls 'ne Menge dazu beigetragen. Deshalb erzähle ich den Polizisten einfach, was ich von wem nacheinander gehört habe. Die werden meinen roten Faden dann schon aufnehmen können und zumindest ein ähnliches Fazit ziehen.

»Ellen, hast du deine Notizen eingesteckt, die du dir gestern Abend gemacht hast? Du wirst sie sicher gut gebrauchen können. Man verzettelt sich so leicht, wenn man aufgeregt ist«, erinnerte Tom sie und bemerkte gleichzeitig: »Apropos verzetteln, ich wollte mir ja noch eine Notiz machen, dass ich die Hausverwaltung anmahne, einen Kammerjäger in den Mieterkeller zu schicken.«

Ellen erstarrte. Das hatte sie völlig vergessen. Tom kam aus dem Arbeitszimmer, zog sich seine Schuhe an und fragte:

»Können wir los oder brauchst du noch einen Moment?«

»Ach, weißt du Tom, ich habe gerade nochmal nachgedacht. Du hast recht. Es ist unvernünftig, meinen Ruf aufs Spiel zu setzen, nur weil ich eine Vermutung habe.«

»Hola, welch Sinneswandel am frühen Morgen«, grinste Tom und wirkte sichtlich erleichtert.

»Aber ehrlich gesagt, freue ich mich darüber. Erspart uns wahrscheinlich eine Menge unnötigen Ärger.«

»Bestimmt«, bestätigte Ellen ihn.

»Okay, dann fahre ich jetzt ins Büro. Und an deiner Stelle würde ich mich nochmal hinlegen. So, wie du aussiehst, hast du letzte Nacht nicht viel geschlafen.«

»Genau. Ich denke, das ist eine gute Idee«, pflichtete Ellen ihm bei und wusste genau, dass sie es nicht tun würde.

Kurz nachdem Tom aus der Tür war, klingelte sie bei dem jungen Schramm im dritten Stock.

Seine Eltern sind Eigentümer. Also muss er auch einen Schlüssel haben. Er wird keine Erklärung von mir erwarten. Dem ist eh alles schnuppe.

Sie wiederholte ihr Klingeln, doch er war nicht zu Hause.

Schade. Dann muss ich es doch bei seinen Eltern probieren.

Ellen ging in die zweite Etage und klingelte dort. Frau Schramm öffnete die Tür.

»Guten Morgen, Frau Schramm, bitte entschuldigen Sie

die Störung. Aber ich wollte Sie fragen, ob ich mir Ihren Schlüssel für die Eingangstür zum Eigentümerkeller ausleihen dürfte? Ich muss eine kleine Holzkommode zwischenparken, die mein Sohn am Wochenende abholen will. Unser Keller ist ja leider überschwemmt und in Ihrem Vorkeller ist doch noch Platz«, erläuterte Ellen ausführlich, um Erfolg zu haben.

»Ja klar, ist doch kein Thema. Platz ist genug und für die kurze Zeit wird sicher keiner etwas dagegen haben«, sagte Frau Schramm verständnisvoll und holte den Schlüssel.

Gott sei Dank. Das war leichter, als ich dachte.

»Ich bin leider etwas in Eile. Werfen Sie ihn mir doch bitte anschließend einfach unten in den Briefkasten«, fügte sie hinzu, als sie Ellen den Schlüssel gab.

»Mache ich. Und ganz lieben Dank für Ihr Verständnis«, freute sich Ellen und lief in den Eigentümerkeller.

Ihr Herz klopfte heftig. Sie schloss die Eingangstür auf und knipste das Licht an. Mehrere Neonröhren erleuchteten grell die Gänge. Dieser Kellerbereich war nicht nur trocken, sondern auch wesentlich geräumiger und heller als der Mieterkeller. Ebenso gut sahen die einzelnen Verschläge aus. Allerdings konnte Ellen keine Namensschilder finden. Deshalb lugte sie durch die engen Schlitze der Holzlatten. Sie suchte nach einer Gefriertruhe.

Eine andere Möglichkeit, eine Leiche zu verstecken, gibt es hier unten nicht. Dafür ist es zu trocken und zu sauber.

Das würde nur in unserem verrotteten Keller keinem auffallen. Außerdem geht zurzeit eh niemand dort runter.

Ellen konnte in drei Kellern Gefriertruhen erkennen, aber nur einer davon war mit zwei Schlössern versehen. Es war ein Doppel-Verschlag, der am Ende des hinteren Ganges lag.

Das muss er sein. Hans wollte wohl auf Nummer sicher gehen und hat gedacht, zwei Schlösser helfen ihm dabei. Wie naiv! Aber die kriege ich niemals mit der Zange auf, die wir oben liegen haben. Unsere Metallsäge ist im Keller, wer weiß wo. Tom hat alles gut verstaut. Nee, eh ich mich da unten zu Tode ekele, fahr ich lieber schnell zum Baumarkt. Die Zeit hab ich. Die alten Schramms kommen erst gegen Abend heim.

Ellen fuhr zum Baumarkt und erkundigte sich bei einer Fachkraft, mit welchem Werkzeug sich ihr Kellerschloss knacken ließe.

»Dafür nehmen Sie am besten einen Bolzenschneider«, beriet sie der freundliche Herr und lachte: »Und als Tipp für die Zukunft: Hängen Sie ihren Kellerschlüssel besser gleich neben die Wohnungstür an einen kleinen Haken. Das erspart Arbeit und Zeit.«

»Herzlichen Dank! Das ist ein super Tipp«, kicherte Ellen und dachte: *So schlau sind wir auch. Unser eigener Schlüssel hängt an einem Haken.*

Wieder zu Hause angekommen, lauschte Ellen zuerst an allen Wohnungstüren, um herauszufinden, wer im Haus anwesend war. Außer Frau Wangel, schienen alle unterwegs zu sein. Das war meistens der Fall bis zum Nachmittag. Sie schlich sich unauffällig in den Eigentümerkeller, damit niemand sie aus dem Hinterhaus sehen konnte.

Trotz des nagelneuen Bolzenschneiders musste Ellen all ihre Kraft aufwenden, um das erste Schloss zu knacken. Der Schweiß lief ihr vom Kopf über den Nacken am Rücken herunter. Ihre Hände schmerzten.

Das zweite Schloss wollte sich nicht öffnen lassen. Sie biss sich auf die Zähne und drückte den Bolzenschneider, so fest sie konnte, mehrmals kurz hintereinander zusammen. Dann drehte und zerrte sie am Schloss. Fast hätte sie aufgegeben, als endlich das Schloss zerbrach. Ellen war schlecht vor Anstrengung. Sie setzte sich auf den kühlen Fußboden und lauschte, ob sie jemanden hörte. Alles war ruhig. Ihre Arme und Beine zitterten vor Erschöpfung, aber auch vor Angst.

Zögernd betrat sie den Verschlag und starrte auf die Gefriertruhe. Plötzlich war ihr klar, dass sie lieber niemanden darin finden würde. Sie schwitzte immer noch stark, und ihr Magen verkrampfte sich. Sie hockte sich vor die Truhe, um für einen Augenblick die Kühle des Bodens zu spüren. Nach einigen Sekunden überwand sie sich, schnellte in den Stand und fasste an den Griff der Gefriertruhe. Schlagartig überfiel sie Panik, ihr Herz raste und sie rang nach Luft. Dann wurde ihr schwindelig und schwarz vor Augen.

Als sie wieder zu sich kam, kniete Frau Wangel neben

ihr und fragte in sanftem Ton:

»Frau Liebig, können Sie mich hören? Wie geht es Ihnen?«

»Was ist passiert?«, wunderte sich Ellen und setzte sich langsam auf.

Ihr Kopf und einige Körperstellen schmerzten.

»Keine Angst, die Feuerwehr wird gleich hier sein. Anscheinend waren Sie ohnmächtig«, beruhigte Frau Wangel sie. »Aber was tun Sie hier im Keller? Haben Sie die Schlösser aufgebrochen?«, erkundigte Frau Wangel sich entgeistert und ließ ihren Blick durch den Keller schweifen.

Ellen fröstelte. Sie riss sich zusammen und stammelte mit zitternder Stimme:

»In der Gefriertruhe muss…«

Weiter kam sie nicht, denn ihr Magen rebellierte. Sie schaffte es gerade noch, ihr Gesicht zur Seite zu drehen, bevor sie sich übergab. Frau Wangel stabilisierte sie behutsam an der Schulter und reichte ihr anschließend einige Papiertaschentücher.

Die Männer von der Feuerwehr kamen, und die beiden Frauen schilderten in wenigen Worten, was geschehen war. Dabei erfuhr Ellen, dass Frau Wangel sie nur zufällig entdeckt hatte, weil sie mit ihrem „Enkelhund" vorm Spaziergang zur Mülltonne gegangen war. Immer, wenn ihre Tochter verreiste, kümmerte sie sich derweil liebevoll um deren Hund. Dieser war ihr in den Keller entwischt und nur deshalb hatte sie Ellen gefunden.

»Sie kommen ja vielleicht auf Ideen. Na, nun wollen wir

erstmal schauen, wie stabil Sie sind«, sagte ein Feuerwehrmann und öffnete seinen Erste-Hilfe-Koffer.

Inzwischen hatte der zweite Mann die Polizei alarmiert.

»Sie wissen schon, dass das hier rechtliche Konsequenzen für Sie haben wird«, gab er kopfschüttelnd zu Bedenken.

Nachdem Ellens Blutdruck und ihre Reaktionsfähigkeit kontrolliert wurden, traf die Polizei ein. Ellen erhielt den Rat, sich vorsichtshalber ins Krankenhaus bringen zu lassen.

»Nein, mir geht es gut. Mein Kreislauf hat mir in meiner Aufregung einen Streich gespielt«, wehrte sie ab.

Inzwischen hatten die Polizisten die Gefriertruhe geöffnet. Die Feuerwehrleute, Ellen und Frau Wangel warteten gespannt im Kellergang. Sie hörten, wie ein Polizist telefonierte:

»Ja, wir haben hier tatsächlich einen Fund gemacht. Und zwar in einer Gefriertruhe. Sieht so aus, als handelt es sich um eine Leiche, eingewickelt in Sperrmüllsäcke, einen kopfüber und einen von den Füßen aus und mit breitem Klebeband verschnürt. Wir brauchen hier sofort die Spusi und einen Gerichtsmediziner. Klar, wir fangen gleich damit an, alles abzusperren, aber schickt uns bitte noch mindestens zwei Kollegen.«

Dann mussten alle die Kellerräume verlassen, um der Spurensicherung nicht unnötig ihre Arbeit zu erschweren.

Ellen rief Tom im Büro an und berichtete ihm, was

geschehen war. Er reagierte gleichermaßen entsetzt und besorgt.

»Ich komme sofort nach Hause. Dann können wir in Ruhe weiterreden.«

Eine Dreiviertelstunde später war Tom da und bestand darauf, sie zu ihrem Hausarzt zu fahren. Dr. Linkop hörte Ellen aufmerksam zu, nahm ihr Blut ab und ließ ein EKG schreiben.

»Tja, meine liebe Ellen, du bist gesund. Dein EKG ist unauffällig. Diese furchtbare Geschichte wird dir zu schaffen gemacht haben. Das ist verständlich. Deinen Kreislaufzusammenbruch führe ich auf die heutige Aufregung und deine Überanstrengung zurück. Die Blutwerte haben wir spätestens am Dienstagnachmittag. Aber die werden sicher auch okay sein. Wir haben dein Blut ja erst vor sechs Wochen kontrolliert. Und was diesen Fall betrifft: Grundsätzlich ist eine vorsätzliche Intoxikation durch Insulin möglich. Es wird auch immer wieder vor Missbrauch von Insulin zur Selbsttötung gewarnt. In Praxis sind beide Varianten leider schon mehrfach vorgekommen. Allerdings hängt der tatsächliche Ausgang solcher Versuche von verschiedenen Faktoren ab. Das Risiko, durch eine extreme Unterzuckerung ins Koma zu fallen, ist hoch. Je nach Dauer können dann gravierende Hirnschädigungen auftreten. Das einfach nochmal für dich zur Erklärung. Aber Ellen, auch wenn ich deinen Mut beachtlich finde, solltest du dich nicht überschätzen. Du hast dich in große Gefahr begeben. Pass künftig ein bisschen besser auf dich auf.

Also dann bis nächste Woche.«

»Ja, ich weiß«, sagte Ellen betreten. »Erstmal herzlichen Dank. Ich mache mir vorne einen Termin für nächste Woche.«

Dr. Linkop war ein überaus erfahrener Arzt, den Ellen als junge Frau ausfindig gemacht hatte. Er war für sie eine Vertrauensperson geworden, und vor allem schätzte sie seine Besonnenheit. Deshalb freute sie sich, dass er ihre Theorie für durchaus realistisch hielt.

Tom war froh, dass Ellen nichts fehlte und schlug vor, in ein Restaurant zu gehen.

»Bestimmt hast du heute noch nichts gegessen, oder?«

»Doch, zwei Kekse«, grinste Ellen.

»Oh, doch so viel«, bemerkte Tom sarkastisch.

Sie suchten sich eine ruhige Ecke in einem thailändischen Restaurant, welches sie hin und wieder besuchten.

»Wie bist du eigentlich dahintergekommen? Haben es dir deine Karten verraten«, wollte Tom wissen.

»Nein, nicht wirklich. Mir fehlte die ganze Zeit ein Puzzleteilchen. Ich wusste nur nicht, welches. Aber dann, heute früh, als wir zur Polizei gehen wollten, hast du mich plötzlich drauf gebracht.«

»Oha«, staunte Tom. »Also habe ich maßgeblich zur Lösung beigetragen«, grinste er zufrieden. »Aber wie denn?«

»Als du gesagt hast, du musst dir noch eine Notiz wegen des Mieterkellers machen. Da fiel mir nämlich wieder ein, dass ich bei der Festnahme hörte, wie ein Polizist

122

rief: „Wir gehen runter in den Mieterkeller." Und da war mir klar, dass ja noch gar keiner im Eigentümerkeller gesucht hatte. Das war doch für Hans die schnellste Lösung, unbemerkt eine Leiche verschwinden zu lassen. Es ist ein kurzer Weg vom Parterre, und nachts ist in der Regel niemand bei uns im Hausflur zugange. Somit war sein Risiko absolut gering.«

»Klingt einleuchtend. Mein Schatz, das hast du alles richtig gut ausgetüftelt. Diesbezüglich muss ich sagen: Hut ab! Allerdings bin ich, ehrlich gesagt, auch im negativen Sinne überrascht, welches Risiko du eingegangen bist. Das passt überhaupt nicht zu dir und hätte, verdammt nochmal, ganz schön in die Hosen gehen können. Stell dir doch mal vor: Nicht Frau Wangel hätte dich gefunden, sondern Hans. Wer weiß, wozu der noch in der Lage ist?«

»Tom ich weiß! Ich bin Frau Wangel auch sehr dankbar. Morgen bekommt sie von mir höchstpersönlich einen großen Blumenstrauß. Trotzdem hat jetzt meine liebe Seele ruh. Ich musste einfach selbst nachschauen. Keine Ahnung warum, aber ich wollte unbedingt wissen, was passiert ist.«

»Gut, das wissen wir jetzt. Aber meinst du nicht, dass die Polizei, vielleicht mit ein paar Tagen Verzögerung, auch darauf gekommen wäre?«

»Ja, bestimmt. Nun war ich aber schneller«, lächelte Ellen.

»Und bist mit einem blauen Auge davongekommen.« Tom sah sie kopfschüttelnd an und nahm ihre Hand.

»Was denkt denn meine Miss Marple, wie Hans ihn nun letztendlich umgebracht hat? Wirklich mit Insulin oder doch mit einem richtigen Gift?«, fragte er neugierig, allerdings mit ironischem Unterton.

»Ha, ha, sehr komisch, Tom«, erwiderte Ellen pikiert.

»Entschuldige. Aber die Sache mit dem Insulin halte ich nach wie vor für unrealistisch.«

»Wieso unrealistisch und was heißt hier „richtiges Gift"? Insulin wird durch Überdosierung zu Gift«, antwortete sie bissig. »Tom, auch wenn du es nicht glauben willst, ich bleibe dabei, dass es für Hans als Diabetiker ein Kinderspiel war. Er weiß, was Insulin bei Gesunden anrichten kann und welche Menge dazu notwendig ist. Punkt! Und, er konnte Frank mit der Spritze einfach irgendwo reinstechen«, erklärte Ellen mit Nachdruck.

»Du meinst, er hat einfach geklingelt und ihm sofort die Spritze verpasst? Na, sag mal…«, lachte Tom skeptisch.

»Ob nun so, was durchaus möglich wäre, oder ob Hans sich vorher mit ihm unterhalten hat und ihm erst Schlafmittel, oder was weiß ich, ins Getränk gemischt hat… das spielt für mich keine Rolle. Die Fakten sind, dass Hans sich genügend Insulin beschaffen konnte, und Frank eingewickelt in seiner Gefriertruhe lag. Julia hat mir erzählt, dass es extra schnell wirkendes Insulin gibt. Und Insulin hat den Vorteil, dass der Körper es vollständig absorbiert, und es deshalb schon nach einigen Stunden nicht mehr nachweisbar ist. Ich bin mir sicher, dass er Frank einfach irgendwo unbemerkt ablegen wollte, sobald sich für ihn ein günstiger Moment ergeben hätte. Und sollte Hans ihn vorher mit irgendeiner Droge betäubt haben, ist er bestimmt davon ausgegangen, dass die Polizei erst recht auf die Drogenmafia schließt«, beschrieb Ellen ihre Vorstellung vom Tathergang.

»Schatz, das klingt fast so, als wärst du dabei gewesen«, schmunzelte Tom.

»Wieso? Findest du das nicht einleuchtend?«

»Schon, aber irgendwie…« Tom hielt kurz inne und überlegte. »Na ja, du wirst schon recht haben«, stimmte er Ellens Ausführungen schließlich zu.

»Schade, dass wir die Details niemals erfahren werden. Das wird nicht mal Jochen gelingen«, bemerkte Ellen enttäuscht.

»Nee, da hast du wahrscheinlich recht. Aber ich glaube, ich finde es gar nicht schade. Mir reicht eigentlich, was ich weiß. Sonst hätten wir einen anderen Beruf wählen müssen. Als Gerichtsmediziner kennst du den kleinsten Krümel«, spaßte Tom. »Das wäre kein Job für mich.«

»Nur Tote um mich herum zu haben, wäre auch nichts für mich«, erwiderte Ellen.

»Na dann, sollten wir jetzt dieses Thema ad acta legen und uns dem Leben widmen. Die Sonne scheint und wir haben einen fantastischen Sommer«, freute sich Tom.

Samstag

»Ich gehe schnell Brötchen und Zeitung holen. Soll ich auch gleich die Blumen für Frau Wangel mitbringen?«, fragte Tom.

»Nee, die hole ich später selbst. Aber Danke.«

Ellen sah es dieses Mal als ihre Aufgabe an. Außerdem wollte sie noch eine schöne Karte aussuchen und darauf einige persönliche Worte schreiben.

Das bin ich Frau Wangel wirklich schuldig.

Während Ellen den Frühstückstisch auf dem Balkon deckte, goss Frau Bartel ihre Blumen und grüßte wie gewohnt freundlich.

»Guten Morgen«, rief Ellen gutgelaunt.

Komisch, eigentlich ist alles wie immer, und doch fühlt es sich anders an. Wahrscheinlich, weil ich jetzt ihren Namen kenne und etwas über ihr Privatleben weiß. Sie wirkt mir vertrauter, obwohl wir uns noch nie miteinander unterhalten haben. Irgendwie witzig.

Ellen spannte den Sonnenschirm auf, und als sie sich umdrehte, stand Tom mit einem riesigen Blumenstrauß vor ihr.

»Ach Schatz, der ist wunderschön, aber ich wollte ihn doch selbst besorgen«, bemängelte Ellen seine Mühe.

»Der ist nicht für Frau Wangel, sondern für meine Miss Marple«, sagte Tom in liebevollem Ton und schaute sie verschmitzt an.

Ellen lachte aus vollem Herzen und umarmte ihn.

»Dankeschön, das ist ja lieb von dir.«

»Na ja, ich wollte mich für meine heftigen Worte von gestern entschuldigen. Wir haben zwar beide kein Blatt vor den Mund genommen, aber unterm Strich war ich im Unrecht. Ich hätte nicht gleich loswettern sollen. Vielleicht wäre mir ein Licht aufgegangen, wenn ich erstmal nur zugehört hätte. Ich weiß auch nicht, warum ich gleich abgeblockt habe. Tut mir im Nachhinein wirklich leid.«

»Muss es nicht, Tom. Wie du schon sagtest, wir haben uns beide nichts gegeben. Und du hattest in letzter Zeit viel um die Ohren. Kann doch auch sein, dass deine Abwehr daher rührt, dass wir ausziehen wollen. So nach dem Motto: Was schert mich das alles noch? Wenn auch nur unbewusst.«

»Hmm… möglich. Das ist mir dann aber wirklich nicht bewusst«, stellte Tom nachdenklich fest.

»Macht nix, ist jetzt auch egal«, beschwichtigte Ellen ihn und ging in die Küche, um die Blumen in eine Vase zu stellen und die Brötchen aufzuschneiden.

Als sie zurück auf den Balkon kam, blätterte Tom in der Zeitung.

»Übrigens, es steht schon was drin, wenn auch nichts Genaues und sowieso weniger als wir bereits wissen.«

Ellen setzte sich gespannt auf ihren Stuhl, und Tom las ihr die Meldung aus dem Berliner Lokalteil vor:

»Der seit Freitag der vergangenen Woche offiziell

vermisste Frank S. (35 J.) wurde gestern tot aufgefunden Nach bisherigen Ermittlungen wird davon ausgegangen, dass es sich um eine vorsätzliche Vergiftung handelt. Seine Leiche fand die Polizei in einem Keller des Mehrfamilienhauses. Dort war sie mehrere Tage in einem Gefrierschrank versteckt worden. Der Tathergang wurde noch nicht eindeutig bestätigt. Nach Angaben der Polizei gab es Hinweise auf eine Beziehungstat, die zu einer erfolgreichen Festnahme des Unternehmers Hans G. (49 J.) führten. Zwischenzeitlich hatten Drogengeschäfte von Frank S. für Verwirrung gesorgt und der Polizei die Mordermittlung erschwert.«

Tom schaute Ellen an und zuckte mit den Achseln.

»Mehr kann man nicht erwarten. So etwas passiert ständig, und es interessiert uns ja auch nur, weil wir mittendrin stecken. Ansonsten hätte ich diese Meldung mit hoher Wahrscheinlichkeit überlesen.«

»Trotzdem hätten sie…«, setzte Ellen gerade an, als das Telefon klingelte.

Schnell lief sie ins Wohnzimmer. Sven war am Apparat und wollte seinen Essenswunsch für Sonntag platzieren. Ellen war froh darüber, weil sich damit die übliche Frage „Was wollen wir denn am Sonntag essen, wenn die Kinder kommen?" erübrigte.

Tom geht einfach einkaufen und fertig. Kein wenn und aber, kein hin und her. Genial.

Ellen war unentschlossen, ob sie Sven etwas erzählen sollte, dann aber entschied sich dagegen.

Nicht am Telefon, nicht heute. Am Sonntag, vielleicht.

Ansonsten gab es nichts Neues, und sie ging wieder zu Tom auf den Balkon. Er grinste sie an und sagte:

»Ach, da fällt mir ein, du wirst dich noch wegen deines Einbruchs verantworten müssen.«

»Das ist doch lächerlich«, wehrte sie ab.

»Da bin ich mir, ehrlich gesagt, nicht sicher, mein Schatz. Denn nur weil du geholfen hast, eine Straftat schneller aufzudecken, heißt das nicht automatisch, dass du zu diesem Zweck eine begehen darfst.«

Ellen starrte Tom fassungslos an, atmete tief ein und sagte:

»Diese Geschichte scheint kein Ende zu nehmen.«

»Warten wir es einfach mal ab. Ich kann mir vorstellen, dass die Polizei noch mal zu uns kommt, oder du dorthin musst. Vielleicht kriegst du auch nur Post, oder es passiert gar nichts«, beruhigte Tom sie und streichelte ihre Wange.

»Was anderes bleibt mir eh nicht übrig«, seufzte sie.

»Richtig.«

Ellen schaute in den Himmel, ließ ihre Gedanken schweifen und stellte wehmütig fest, dass ihr kleiner Kiez seinen Wohlfühlcharakter verloren hatte. Ihre kleine Straße erschien ihr nicht mehr so friedlich wie zuvor. Sie fragte sich, welche Geheimnisse wohl unter den Dächern der anderen Häuser steckten. Dann blickte sie zu Tom rüber und dachte:

Darum müssen sich jetzt die anderen kümmern. Wir ziehen um.